ベリーズ文庫

明治禁断身ごもり婚

～駆け落ち懐妊秘夜～

佐倉伊織

STARTS
スターツ出版株式会社

目次

明治禁断身ごもり婚
～駆け落ち懐妊秘夜～

6

初めての恋の味

明治三十八年。

夏の太陽がギラギラと照りつけてきて少し歩くだけで汗ばむ、七月に入ったばかりの今日。子爵真田《さなだ》家に生を受けた私、八重《やえ》は銀座《ぎんざ》に足を向けている。

「あらっ、一時間も経ったかしら?」

四丁目にある時計店の時計塔が音を奏でた。もう十六時半になったらしい。

スイス製のこの時計は時刻の数だけ音を鳴らし、さらには三十分ごとに一打。その一打を聞くのは二度目なので、一時間以上この辺りをうろついていることになる。

「銀座は楽しい……」

時計店とは電車通りを挟んで向かいにある高等洋服店に父のワイシャツを取りにいくという仕事を仰せつかったのは、もちろん銀座の街を歩きたかったからだ。

嫁入り前の娘がふらふら出歩くことをよしとしない両親は、なにか理由でもなければ外出を許してくれない。そこで、受け取りを下女に言いつけようとしていた母に頼み込んだのだ。

女学校から帰ってそのまま家を出たため、海老茶袴に編み上げ靴姿。銀座に来るなら、もう少しおしゃれをしてくるべきだったと後悔したが、一刻も早くと気がせいていたので仕方がない。

明治五年に起こった銀座大火では、この辺り一帯が焼失したという。しかし、そのあとは煉瓦街が作られて、舶来品を扱う商店も多数並ぶようになった。今やすっかり復興を遂げ、日本橋《にほんばし》よりも有名な商業地となっている。

「もうまずいわね」

そろそろ麻布《あざぶ》の家に戻らなければ。

細い路地奥のお気に入りの和菓子舗『千歳《ちとせ》』で大福を購入した私は、父のワイシャツを片手に人力車を捕まえようと足を踏み出した。しかし、目の前に突然大男が立ち塞がったので、一歩あとずさる。

「羽振りのいいお嬢さんだね。どこのご令嬢？」

襟元のよれた着物を纏うその男は、右の口角を上げて意味深長な笑みを浮かべる。齢、二十代半ばであろうその男のうしろに、同じような風貌の男がさらに立っていて、表情が引きつった。

「どいていただけます？」

「そんなに怖い顔しなさんな。怒りたいのはこっちだ」

なれなれしく話す男は、突然私の右手首を握る。その瞬間、抱えていた大福の入った袋が転がり落ちた。

「なんの苦労も知らず、のうのうと生きてらっしゃる華族さまが大嫌いでね。腹が立ってしょうがない」

私の手首をつかむその手にじわじわと力を込めていく男は、うしろの男にチラリと視線を送りなにやら合図をしている。

怖い。なにをされるの？

数メートル先の大通りには人が行きかっているのに、残念なことに路地には誰も見当たらない。それでも、叫べば誰かに届くかも。

「助け――」

大声をあげようとしたが口を手で塞がれ、さらにはもうひとりの男に左腕もつかまれて、全力でもがき抵抗した。けれども、男ふたりに敵《かな》うはずもない。

「んんんんん」

塞がれた手の下でなんとか声を振り絞ってはみたものの、路面電車の走行音にかき消されてしまった。

「金出しな」

目的はそれか。

私だって華族としての矜持《きょうじ》は持ち合わせている。こんな下衆な男たちにひるみたくはない。と気合を入れたものの、腕の太さが二倍ほどある男ふたりにつかまれては、なすすべもない。

「それを調べろ」

口を塞ぐ男がもうひとりに、椿の花が艶やかに描かれた私の信玄袋を目で促している。

「んんんんん！」

羽交い締めにされたせいで父のワイシャツが落ちてしまい、袋もひったくられてしまった。

そのとき……。

「なにしてる」

背後から低い声が耳に届き、男の力が緩んだ。

「まずい。逃げるぞ」

男たちは走りだそうとしたが、あっという間に腕をつかまれてひねりあげられている。

「いたたた。離せ」

男を捕まえたのは、詰襟の制服を着てサーベルを腰に下げた警察官だった。ひとりが捕まっている間にもうひとりが一目散に駆けだす。しかし、別のふたりの警察官に数メートル先で地面に倒され、あっけなく取り押さえられた。

警察官といえば、元士族が多く屈強というイメージがあったがその通り。この程度の男なら片手で十分というような滑らかな動きで、確保してみせた。

「連れていけ」

最初に私を助けてくれた警察官が、他のふたりに指示を出して犯人を引き渡している。

「大丈夫ですか？　おけがは？」

男たちが立ち去ったあとも震えが止まらない私の顔を覗《のぞ》き込み、先ほどとは異なる優しい声色で尋ねるその人は、背がすらりと高く、透き通るような大きな瞳を持つ男性だった。

三人の警察官のうち彼だけが制服の袖章の本数が多かった。おそらく階級が高いのだろう。

「だ、いじょうぶ……」

「おっと」

精いっぱいの強がりを吐こうとしたのに腰が抜けそうになり、彼に支えられた。

「申し訳ありません」

「無理もない。怖い思いをされましたね」

囁かれた瞬間、我慢していた涙がほろりとこぼれて慌てて手で拭う。

「お恥ずかしい姿を……」

こんなみっともない姿を見せるなんて……。と思えば思うほど涙が止まらない。

「あなたが謝る必要はありません。私が触れても怖くはありませんか？」

「はい」

彼は震える私を慮《おもんぱか》ったのかそんな言葉をかけたあと、ハンカチーフを取り出して涙を拭ってくれた。

「なにか奪われたものは？」

「助けてくださったので、なにも」

「そうでしたか、よかった……」

そのまましばらく寄りそってくれた彼は、落ちていた大福とシャツ、そして信玄袋を拾い上げて埃をはたく。

「大福は残念ですが……」

「はい」

袋から転げ落ちた大福はもう食べられそうにない。

「まだお時間はありますか？」

「はい。大丈夫です」

事情を聞かれるとばかり思ったのに、彼は私を伴い千歳に足を向ける。そして同じ大福を購入して私に差し出した。

「いただくわけにはまいりません」

「もう少し早ければ大福も無事でしたから、どうかお受け取りください。でも、あなたが傷つかずよかった」

制服姿の警察官は近づくだけで背筋が伸びるような威圧感があるというのに、彼はすこぶる柔らかな笑みを向けてくれるので、心が緩む。

私は素直に大福を受け取った。

「助けてくださり、ありがとうございました。私は真田八重と申します。お名前をお聞きしても？」

「私は警視庁の黒木信吾《くろきしんご》です」

「黒木さん……」

屈強なわりには体の線は細めだ。筋肉質で引きしまっているのだろう。

「車夫でも待たせておいでですか？」

「いいえ。両親が厳しくて、車夫を伴うと行動を逐一報告されてしまいます。それが窮屈で、今日はひとりで参りました。帰りの人力車を捕まえようとしていたところでした」

「そうでしたか」

普段の外出は大体車夫と人力車をつけられる。便利で助かる一方、いつも監視されているように感じて息が詰まりそうなのだ。

日用品は御用聞きが家に来るので買いに出る必要もないが、珍しい舶来品などを見て回るのが楽しいというのに。だから今日は、車夫の準備が整う前にさっさと家を出てやって来た。

しかし、このようなことが起こってしまうとは。銀座の街を歩いている間は楽しくてたまらなかったのに、やはり車夫を伴ったほうがいいのかもしれない。

「たしかに、気ままに外出できない生活では息苦しいでしょう。ときには自由を謳歌されたいですよね」

「えっ？……はい」

まさか理解を示してくれるとは。危険だからひとり歩きをするなと咎《とが》められるとばかり思っていた。

「ですが、今日はおひとりでは怖いでしょうし、よろしければご自宅までお送りします」

「いいんですの？」

暴漢に握られた手首に無意識に触れていたからか、彼が提案してくる。その言葉がありがたかった私はうなずき、従った。

人力車を止めた黒木さんは、さっと手を出して私が乗車するのを手伝ってくれる。

「ありがとうございます」

「いえ。ご自宅はどちらで？」

「麻布です」

彼は私から住所を聞き出したあと、すぐさま車夫に行先を指示して発車させた。

「お仕事中でしたよね。大丈夫ですか？」

「はい。市民の安全を守るのも仕事です。ご心配なく」

私を安心させるためか、黒木さんは優しい笑みを浮かべる。

「それより、私のような者が隣に座って、旦那さま候補の方がお怒りになられないでしょうか」

そう問われ、肩と肩が触れる距離に男性がいるのだということを強く意識してしまい、頬が赤らむ。

「そんな人はおりません」

「そうでしたか。お美しい方なのでてっきり……」

黒木さんの発言がくすぐったくて目を伏せた。

私たち華族の家に生まれた女は、良妻賢母を目指すよう教育を受ける。少しでも地位の高い人との縁談をまとめ、嫁に行くのが生涯で一番大きな仕事なのだ。そのため、幼き頃から書道、和歌、そして琴を学ばされ、女学校にいる友人は皆、それができてあたり前。

高等女学校の参観日には嫁探しに来る良家の夫人が多数いて、学校も容認している。そこで見初められ、中退して嫁ぐのがよしとされているのだ。だから黒木さんが勘違いするのも無理はない。

同級生の中には、もう中退していった者もおり、結婚は私にとっても先の話ではなくなっている。

けれど恋というものに憧れがある私は、まだ結婚なんてしたくはない。一度でいい。激しく情熱的な恋というもので心を焦がしてみたい。とは思えど、男性と接する機会もあまりないので、非現実的な望みなのだけど。

「黒木さんは、奥さまは……？」

私こそ奥さまに申し訳ないのでは？と心配になり尋ねる。

「私はひとり身ですから。薩摩《さつま》藩出身の士族の家柄でして、祖父が維新後、御親兵として上京した折に手柄を立てて男爵を賜りました。それで、早く嫁取りをして跡を継ぐように言われているのですが……」

警察官は士族出身の人が多いと聞いた。特に薩摩藩。警視庁の初代大警視の川路《かわじ》氏も薩摩藩士だったような。

「お父さまも警察官でいらっしゃるんですか？」

「いえ。父は会社を興してそれなりに成功しておりますので、実は反対されたんですよ」

会社を継いでほしかったということだろう。

「それでは他にご兄弟が？」

「妹がいるのですが、事故で歩けなくなってしまいました。ですから期待の跡継ぎなのでしょうけど、私も自由でいたいタチなんです」

制服姿でサーベルを持っていると、とても近寄りがたい雰囲気だが、意外にも話しやすくて驚いた。

しかし、妹さんの事故のことを聞き、胸が痛い。

「すみません。余計なことを……」

「いえ。真田さんは、ご兄弟は？」

「兄がひとりおりますので、私はただ良家に嫁に行けと……。女は、子を産む道具なんです」

そもそも爵位は男系しか継げない。だから子爵令嬢という肩書を持つ私たちは、よりよき家との強固な縁を結ぶただの道具となる。

「そう、ですか……」

両親の指定した相手との婚姻は幼き頃から覚悟していたことなのに、周囲にちらほら結婚話が持ち上がるようになると、ためらいは隠せない。しかし、こんなことを家で話そうものなら厳しく叱責されるため、つい溜まっていた不満が口をついて出てしまった。

「あっ、申し訳ありません。こんなことをお話しするなんて私……」

慌てて謝罪したが、本当は苦しい胸の内を誰かに聞いてもらいたかったのかもしれない。

「いいんですよ。お気持ち、お察しします。今日のことは伏せておいたほうがよろしいですね。現行犯でしたので、私のほうで真田さんの名前が出ぬように対処しておきます。せめて輿入れまでは羽を伸ばしてください」

「ありがとうございます」

そんなふうに言われるとは意外だった。

暴漢に襲われたと知られれば、もう二度とひとりでの外出はままならない。いや、外出禁止令が出るかもしれない。

それを察した彼の気の利いた発言に安堵した。

「ですが、ひとりでの外出も心配だ。路地裏には決して入らぬようお気をつけください。あの和菓子舗に行きたいときは、私がお連れしましょう」

「黒木さんが？」

どうしても行かなければならない場所ではないが、彼にまた会えるかもしれないと思うと心が弾むのはなぜだろう。

「はい。鍛冶橋《かじばし》の庁舎はご存じで？」

「存じ上げております」

「和菓子を買いたいときだけでなく、なにか困られたらそちらに詰めておりますので。あっ、今日のように外にいることも多いので、いなかったら申し訳ない」

「いえっ、ありがとうございます」

ここまで気を使ってくれるのは、おそらく襲われたときに私が震えていたからに違いない。とても優しい人だ。

しかし、彼に親切にしていただいたことは家族には隠しておかなければ。

華族にも、真田家のような公家や大名の世襲による旧華族と、黒木家のような維新後に格上げされた新華族とある。旧華族は新華族を見下しがちで、父もそのひとり。しかも助けてもらったとはいえ、見知らぬ男性とふたりで人力車に乗り、話をしているなど言語道断。おそらく父に知られたらいい顔はされない。

とっさにそんなことを考えたのは、またこうした時間を持ちたいからだ。

それからあれこれ互いの紹介をしているうちにあっという間に麻布に着き、黒木さんは私の家から少し離れた場所で人力車を止めた。それも、警察官と一緒に帰宅したとなれば大騒ぎになると承知してのことのはずだ。

細かな配慮ができる彼は、機転が利く聡明な人。とても気になる存在になった。

「もう、平気ですか？」

「はい。今日はありがとうございました」

心配そうに私の顔を覗き込む彼は、頬を緩めて微笑んでから「それでは」と再び人力車に乗って去っていった。

黒木家がとんでもない資産家だと知ったのは、それから十日ほどしてから。歳が近く仲のいい女中のてるが新聞を持ってきたときのことだった。

父に世の中の情勢を知っておくのも子爵令嬢のたしなみだと言われているので、こうして毎日新聞に目を通してはいるものの、本当はあまり好きではない。政治の話はピンとこないのだ。

けれども【黒木造船、増収】という見出しを見た瞬間、心臓が小さな音をたてた。

「黒木……」

助けてくれた黒木さんと同じ苗字だったからだ。

「黒木造船は有名ですよ。士族出身の華族さまらしいのですが、一代で財を成したんだとか。士族は商売に手を出して失敗することが多いというのに、まれな成功例のよてるの発言にドキリとしながら読み進めると、黒木邸が千駄ヶ谷《せんだがや》にあることが記されており、間違いなくあの黒木さんの家だと確信した。彼は千駄ヶ谷に住んでいて、なかなか住み心地がいいと話していたからだ。

「八重さま、どうかされましたか？」

「えっ？ ううん。新聞に載るほどだからすごいのねと思って」

指摘されて曖昧に答えると、てるは再び口を開く。

「そうですね。旦那さまは新華族を快く思ってはいらっしゃいませんが、最近では新華族のほうが財を持っていることも多いですし。ただ黒木造船は、ひとり息子がなんでしたか……他の職業に就いてしまわれたとかで――」

「警察官かしら？」

「あっ、そうです。警察官でした。八重さま、よくご存じで」

てるの発言を遮ってから、しまったと口を閉ざしたが遅かった。

「女学校で聞いたような……」

まさかその黒木さんに助けられたとも言えず、声が小さくなる。

「まあ、女学校で話に上がるほどのお方なのですね。たしか二十八歳でしたか、そのご子息がどんな嫁取りをされるのかと女中の間では話題がもちきりなんですよ。なんでもすこぶる優秀で、しかも顔立ちも申し分ないそうですから」

女中はそういう噂話が大好きで、いつもあの男爵にここの令嬢が嫁いだとか、駆け落ちしたとか、そんな話ばかり聞こえてくる。

しかし、黒木さんがそれほど有名な方だとは知らなかった。

「どうして警察官になられたのかしらね」

「さあ、そこまでは存じません。慶應義塾《けいおうぎじゅく》を卒業になり、家業を継がれるかと思いきや警視庁にだそうですよ。わざわざそんな厳しい世界に身を置くなんて、なにか余程の理由でもおありだったのか……。実直で手柄も多数上げられたそうで、あっという間に昇進されたようですけどね」

余程の理由、か。

警視庁の警察官になるには、厳しい訓練を乗り越えなくてはならないと耳にしたことがある。なにもせずとも大きな会社の社長の椅子が転がり込むというのに、たしかに警察官を志した理由がわからない。

「士族の誇りでしょうか」

てるがそう言うのでうなずいた。

そうかもしれない。薩摩の武士としての血が騒いだ。そんなところなのかも。

廃刀令で帯刀が禁じられたのち、刀を取り上げられた士族の反乱が多く起こったと聞く。それは武士としての矜持を打ち砕かれたからだというが、今なおそんな気持ちがあってサーベル片手に悪人と対峙する警察官になったという可能性もある。

私は勝手に思いを馳せた。


黒木さんと出会ってからはや二カ月。

夏の暑い盛りには出かけることも苦痛だったが、九月に入り曇天の日は多少暑さも和らいできた。

女学校に行くだけの生活はなかなか退屈だ。

女学校でも家でも、自室以外では常に指先まで神経を使い、歩き方、ふすまの開け方、食事の食べ方に至るまで気を張り詰めていなければならない。それが淑女というものだと教育を受けてきたが、笑いたくないときにまで笑顔を強要される生活は、本当は好きではない。しかし、不自由なく生活ができていて、女学校にも通えるのだから贅沢な悩みだと自分を納得させていた。

でも、息抜きだって必要だ。そろそろ銀座に遊びに行きたい。

「かき氷が食べたいな」

今日、女学校の友人が銀座でかき氷を食べた話をしていたからか、ふとそんな気になる。

黒木さんは『和菓子舗に行きたいときは、私がお連れしましょう』と警視庁に来るように言っていたが、さすがに忙しいだろう彼にそんなことは頼めなくて、足を運んだことはない。

かき氷を食べたいと警視庁を訪ねたら、やはり迷惑よね……。

涙を拭ってくれた彼の大きな手を思い出すたびに、なぜか胸の奥が疼き、会いたいという気持ちが沸き起こる。

けれど、実行に移す勇気が私にはなかった。

翌日の九月六日。女学校に行くと先生たちが妙にソワソワしているのが気になった。

「昨日、日露戦争が日本勝利で終結を迎えました。しかし、日比谷《ひびや》で日露講和条約の内容に抗議する者たちの暴動があり、警察隊と衝突した模様です。銀座方面にも被害が及んでいますので、決して近づかないように」

厳しめの口調でくぎをさされ「承知しました」と他の学生とともに声をそろえたが、警察隊と聞いて胸騒ぎがする。

「黒木さん……」

日比谷なら警視庁からも派遣されているに違いなく、彼もそのうちのひとりかもしれない。

無事だろうか。

銀座でかき氷が食べたいなんて呑気なことを思っていた自分が恥ずかしい。

その日は急ぎ足で家に帰り、てるに新聞を頼んだ。自分から読みたいと言ったのは初めてのことだったので、彼女は「どうされましたか?」と怪訝な顔をしている。

「ちょっと気になることがあってね」

私は確認するように声に出して読み始めた。

「約三万人が日比谷公園に集結し、警察隊と衝突しながらも集会を終えた。しかし、暴徒化した者が内務大臣官邸、警視庁、警察署、新聞社を襲撃。巡査は抜剣して取り鎮めにあたったが……」

警視庁まで襲撃されたの? 抜剣してって……。黒木さんは?

想像していたより大きな騒擾《そうじょう》のようで、胸が激しく打ち始めた。

「昨日のこの騒動のこと、なにか知らない？」

「さあ。女中連中もそういったことには疎くて。ただいろなところから火の手が上がって大変だったとは小耳に挟みましたけど」

警視庁に三万人もの暴徒に対応できる警察官がいるとは思えない。とすれば、ほとんどの人が動員されたに違いない。それでも足りないくらいだったのでは？

私は無性に胸が苦しくなり、開いた障子の向こうに広がる空を見上げる。

ロシアとの戦争が勃発していることは知っていた。しかし、私たちの周辺は穏やかで何事もなかったため、まったく実感はなかった。けれどこのような暴動が起こり、身が引きしまる。

体を張って暴徒を止めなければならない黒木さんのことを考えると、心中穏やかではいられない。

「無事でいてください」

私には空に向かって願うことしかできなかった。

結局軍隊も出動する事態となった。しかもその晩、東京《とうきょう》市と周辺に戒厳令が出されるまでに発展し、ますます不安は募る。

七日夕方になると雨が降ったこともあり、一部を除いて暴動は沈静化した。

けれども、当然黒木さんの安否を確認しようがない。警察署を狙った騒擾が一部残っていることもあり、警視庁に駆けつけることもできず、苦しい時間を過ごした。

戒厳令が出たため、一時的に女学校は休校。大蔵省に勤める父もとても仕事にはならず自宅待機。ただ逓信省《ていしんしょう》に勤める兄のみが出勤している。

「ねえ、てる。私たちはこんなふうに過ごしていていいのかしら?」

「突然なにをおっしゃるんですか?」

自室でてるに髪を結ってもらっていると、ふとそんな気持ちになる。

「だって、私たちは生活に困ることもなく、こうしてきれいな着物を着せてもらって髪まで結ってもらえる。一方で戦争に行ったり家族を亡くしたりして路頭に迷う人もいるでしょう?」

そして、仕事とはいえ騒動のど真ん中に突進していかねばならない黒木さんのような人たちも。

彼に出会うまでこんなことを考えたことがなかった。良妻賢母こそ私たちの幸せと信じて疑わなかったが、本当にそれでいいのかと疑問が湧いたのだ。

女中の中には父や兄弟が日露戦争に出征した人もいるし、亡くなった人も。しかし、自分の父や兄には出征の命令は下らないと思っていたし、実際下ってはいない。どこかで他人事だったのだ。

華族として恥じない女性になるようにとだけこんこんと説かれ、自由のない生活に嫌気がさしていたなんて贅沢だった。

「八重さまは、よき星のもとにお生まれになったんですよ。私たちは羨ましいです。ですが、私たち女中にも優しくしてくださる八重さまにお仕えできるのも、幸せなことなんですよ。商店で会う他家の女中は、かなりなじられている者もいるようですしね」

女中にも横のつながりがあるのか。

さすがに手を上げることはないが、父も母も女中には厳しい人で、震える女中を見て育ってきた。だからか自分は声を荒らげるというようなことはしたくないと思っている。そもそも、私の世話をしてくれるてるをはじめとした女中に、なにも不満などない。

「ありがとう、てる。私はてるたちがいないとなにもできないのよ。もっとしっかりしなくちゃね」

もしかしたら今も窮地に立っているかもしれない黒木さんの顔を思い浮かべて、そんなことを口にした。

　仕事から戻った兄の話では、騒擾による負傷者で逓信省の近くの病院があふれていたという。

「逮捕者も多数出たようです。さらに増えるでしょうが」

　夕食の折、父に促された兄が見聞きしたことを伝えてくれる。

　食事の際は所作にもたおやかさを求められるため、いつもは無駄口を叩かず黙々と食べ終えるのだが、箸を一旦置いて質問を始めた。

「負傷者の中には警察官もいらっしゃるんですか？」

「警視庁だけでなく、警察署や分署もかなりの数が襲われているようだから、警察官の負傷者も多いらしいぞ」

「亡くなられた方は……」

　矢継ぎ早に質問を被せると、眉を上げる父が私をチラリと見る。

「興味があるのか？」

「い、いえっ。大きな騒擾だと新聞で読みましたので、知っておきたいなと思いまして」

まさか黒木さんの安否を知りたいとは言えず、もっともらしい言葉で濁す。

「そこまでは……。私も部下から聞いただけだし」

兄は知る限りのことを話してくれたものの、黒木さんの安否はまったくわからなかった。

日比谷の事件は鎮圧され、多数の逮捕者が出たと新聞の一面に載っていた。焼かれた警察署の写真も併載されていて痛々しい限りだ。

翌日には女学校が再開したものの、私はどこか上の空だった。

「真田さん、聞こえていますか?」

「申し訳ございません」

先生に注意されて、背筋を伸ばす。けれども、黒木さんのことばかりが頭をよぎり、とても勉強に身が入らなかった。

女学校では、火曜に起こった事件も土曜になるとさほど話題には上らなくなる。それは皆が、〝私たちには関係がない世界〟のことだと思っているからだろう。

しかし私は土曜の半日の授業が終了すると、母に友人とともに勉強をすると嘘をつき、人力車を捕まえて警視庁へと向かった。

日比谷の近くを通るときはさすがに緊張が走ったが、喧騒はまったく感じられない。しかし、焦げ臭いにおいが鼻を突き、顔をしかめた。

鍛冶橋の警視庁は一部が襲撃されていた。

到着したものの、建物は思いのほか広くどうしたらいいのかわからない。私は黒木さんと同じように制服に身を包んだ人を捕まえて尋ねることとした。

「すみません。黒木信吾さんを捜しているのですが……」

「尋ね人ですか？　それでしたら、右に行ったところで受けつけてもらえます」

「いえっ、こちらにお勤めの黒木信吾さんです」

そう伝えると、相手の表情が途端に引きしまった。

「失礼いたしました。黒木警部ですね。こちらへ」

よかった。亡くなってはいない。

最悪の事態を回避したことで気が抜ける。

警察の階級についてよくは知らないが、先導してくれるこの人の様子からして、黒木さんは上司にあたるのだろう。

私は彼のあとをついていった。とある部屋の前で足を止めたその人は、私の名前を確認したあと「少々お待ちください」と入っていく。

「覚えていてくれるかしら……」

こうして押しかけてくるほど私は気になっているが、彼にしてみたら仕事で助けただけの一市民なのだ。名前すら覚えていないかも。

そんなことを考えて不安になっていると、勢いよく扉が開いて目を丸くする。

「真田さん」

飛び出してきたのは、黒木さんだった。

「あぁっ、ご無事でよかった……」

彼の姿を自分の目で確認した途端、張り詰めていた気持ちがプツンと途切れて視界がにじんでくる。

「もしかして、心配してくださったんですか？」

「はい。先日の日比谷の騒擾に警察官が多数派遣されたと聞き、いてもたってもいられなくて……」

正直に胸の内を告白すると、彼は目を見開いている。

「わざわざ……。ここに来るのも怖かったでしょうに」

正直、死者まで出た暴動のあとなので、怖くなかったとは言えない。けれど、黒木さんの無事を確認したいという気持ちが勝った。

「いえ。ご無事ならそれで。お仕事のお邪魔をして申し訳ありません」

深く頭を下げて立ち去ろうとすると、腕をつかまれてハッとする。

「明日は非番なのですが、どちらかでお会いできませんか？　銀座の辺りは今回の事件でちょっと……。なので、和菓子舗には行けませんが」

「いいんですの⁉　……はっ、失礼しました」

品のある所作をと日々口を酸っぱくして言われているというのに、喜びのあまり大声が出てしまい口を押さえる。

「もちろんです。お父さまに叱られないでしょうか？」

「友人と勉強をするということであれば、大丈夫かと」

何度も嘘をつくのは忍びないが、そうでもしなければ黒木さんとの時間を持つことは叶いそうにない。

「警察官が嘘をつかせるなんて、いけませんね」

そんな返事に肩を落とす。やはり、無理だろうか。

「ですが、是非お願いしたい」

「はい」

彼の言葉に目を見合わせて笑い合った。

それから私をしばらく待たせておいた黒木さんは、巡回に出ると断りを入れたあと、再び人力車で家の近所まで送ってくれると言う。

「私、お仕事の邪魔ばかりしていますね。申し訳ありません」

「市民の安全を守るのも私たちの仕事です」

少しも迷惑そうな顔をしないので、ホッとした。

「暴動でおけがは？」

「かすり傷程度ですよ」

「かすり傷？　大丈夫ですか？」

やはりけがをしたんだと声を張ると、彼は柔和な笑みを浮かべる。

「問題ありません。真田さんはお優しいのですね」

「い、いえっ」

隣に座る彼が至近距離でじっと見つめてくるので、恥ずかしくてたまらない。

「もちろん火を放つなど言語道断ですが……。日比谷の事件は、暴徒化した市民の気持ちがわからなくはないんです」

「えっ……」

神妙な面持ちで話し始めた彼だが、その内容に驚く。

「このたびの戦争で家族を亡くした者も多数います。働き手を失い、貧困にあえいでいる家庭も。それなのに賠償金もなく終結なのですから、憤りをぶつける場所がないのでしょう」

鎮圧した側の人の言葉とは思えないけれど、実に納得できる。

「そう、ですね。実は私、なんの苦労もせず生活ができていることのありがたさを噛みしめておりました。たまたま子爵家に生まれたというだけで、そうではなかったかもしれないのに。今の生活に甘んずることなく、努力をしなければと」

思いの丈をぶつけると、彼は目を大きくしている。

「ご立派な考えをお持ちですね」

「あっ、すみません。思っているだけで、なにもできないのですが」

偉そうなことを言って恥ずかしい。

「私も、兵として招集されれば命を落としていた可能性もあります。ですがこうして生きながらえていますので、命を賭して我が国を守ってくださった方に敬意を払いつつ、恥じぬ生き方をせねばと思っております」

凛とした声でハキハキと話す彼には覚悟が見受けられる。そんな真面目な姿に心が吸い寄せられるのを感じた。

話をしていると、あっという間に家の近くに到着して人力車から降りた。すると彼は私をまっすぐに見つめて口を開く。

「その髪型、よく似合っていますね」

「ありがとう、ございます」

今日は女学生の間で流行しているマガレイトという結い方をしている。三つ編みにした髪を輪にしてまとめ、リボンをあしらった髪形は、てるに手伝ってもらわずともできるのだ。

しかし、まさか褒められるとは思いもよらず、面映ゆくて頬が上気してしまう。

「明日、十時にここでお待ちしております」

「はい。よろしくお願いします」

照れくさいような、それでいて心が弾むのを抑えられないような。こんな感覚は初めてだった。

彼と別れたあとも、胸が高鳴ったまま収まらない。

「素敵な方……」

安否を確認したくて押しかけてしまったが、黒木さんの人となりを知るたびに心が奪われていくのを否定できずにいる。

私は晴れ渡る空を見上げて、明日に思いを馳せた。

翌日は少しおしゃれをしたくて、裾に牡丹の花があしらわれた紅梅色のお気に入りの着物を纏い、黒木さんに褒められたマガレイトに髪を結った。

「八重さま、お出かけですか？」

「あっ、えっと……。友人とお勉強の約束があるの」

てるに尋ねられて、しどろもどろになりながら返事をする。嘘をつくのは心苦しいが、黒木さんに会うためだ。

「そうでしたか。行ってらっしゃいませ」

「行ってきます」

十時より早めにおどおどしながら家を出て約束の場所に向かうと、すでに黒木さんの姿があった。

「遅くなりました」

「いいえ。楽しみのあまり、私が早く着きすぎたのです」

思いがけない言葉に、頬が赤らむのを感じる。

楽しみにしてくれていたなんて。

「今日はまた一段とお美しい」

これまでは海老茶袴姿だったからだろうか。目を細めて私を見つめる彼の姿に、恥ずかしさが増していく。

「ありがとうございます」

彼は制服ではなく、白いシャツに黒のスラックス姿。制服のときより身近に感じられた。

「参りましょうか」

「はい」

差し出された手に手を重ね、人力車に乗り込んだ。

彼が「ここから少し離れましょう」と提案したのは、私が嘘をついて家を出てきたと知っているからに違いない。

向かった先は、上野《うえの》にある大きな公園だった。ここまで足を伸ばしたのは初めてだったが、家から離れたのでのびのびできる。

「たまには羽を伸ばしてください。誰も見ておりませんから。あっ、私は除いて」

クスリと笑みを漏らす黒木さんは、私が窮屈な生活をしていると告白したから気を使ってくれたのだ。

「はい。黒木さんも」

「そうします」

張り詰めっぱなしの警察の仕事では、精神も疲れるに違いない。つかの間の休息なら体だけでなく心も休めてほしい。

「あとで食事に行きましょう。八重さん、とお呼びしてもいいでしょうか？」

「はい、もちろん」

父と兄以外の男性に下の名を呼ばれたのは初めてで、心臓がドクンと大きな音をたてる。しかし少しも嫌ではない。

「それでは。八重さんは、なにがお好きですか？」

しっかりと目を見つめて尋ねられたが、息が止まりそうなほどの緊張に襲われた私は、目の前に広がる池に視線を移して口を開く。

「なんでも結構です。黒木さんのお好きなものを」

「遠慮はいりません。正直に告白しますと、お誘いしてご迷惑だったのではないかと昨晩よく眠れませんで。お詫びに八重さんのお好きなものをごちそうさせていただければと思っていたんです」

「迷惑だなんて、決して」

私は緊張と喜びでうまく寝つけなかったというのに。

「……でも、それでは、かき氷が食べたいです」

彼と一緒にかき氷を食べられたらとずっと思っていたので、白状した。

「かき氷ですか。かわいらしいお方だ。それではそうしましょう。そのあと、私がひいきにしている洋食店にでも」

「はい」

それから池のほとりを散策しながら、いろいろな話をした。

本来なら、男性とふたりきりで並んで歩いてはならないときつくくぎをさされている。それどころか、ちょっとした会話を交わすことも、文を交換することも禁止なのだ。だから父に見つかりでもしたら、大目玉を食らうだろう。けれども、もしそうなったとしても黒木さんとふたりの時間を持ちたかった。

女学校で理科がさっぱりわからないと話すと、黒木さんは白い歯を見せる。どうやら彼は得意だったようだ。

「それでは、お友達に教わるのですか？」

「それがお友達もさっぱりで」

「あはは」

声をあげて笑う彼につられて、私まで。しかし、大笑いなどいつもは許されないので、慌てて口元を押さえた。

「笑ってもいけないと？」

「はい。口を大きく開くのはよろしくないと。失礼しました」

「子爵令嬢というのも大変なのですね。ですが私は、笑っている八重さんが好きですよ。私と一緒のときくらいは、思う存分どうぞ」

どうぞ、と催促されてできるものではないが、背伸びはいらないと言われているのは本当だと伝わってきて安心した。

「警察官のお仕事はお忙しいのでしょう？」

「そうですね。日比谷のような大事件はいつも起こるわけではありませんが、小さな揉めごとや問題は四六時中ありますから。事件は小さくても、人が亡くなることもあれば取り返しのつかない大けがをすることもあるんです」

悲しげな表情で小さなため息をつく彼は、視線を宙に舞わせてなにかを考えているようだ。

「黒木さんのような方がいらっしゃるから、私たちは幸せに暮らせるのですね。ですが、またけがをされないようにしてください」

「ありがとうございます」

少し緊張が漂った気がした彼の表情は瞬時になごみ、胸を撫で下ろした。

それからふたりでかき氷を食べた。キンキンに冷えた氷のせいで頭が痛くなるほどだったが、黒木さんとふたりで笑い合いながら食べたこの味は、ずっと忘れないだろう。

「かき氷なんて久しぶりです。隣に八重さんがいてくれるから、一層おいしい」

「私もです」

暴漢から助けてくれた警察官と、こんなに楽しい時間が持てるなんて思ってもいなかった。

それから、高級ホテルのレストランに足を運んだ。このような高級店も父に連れられて訪れたことはあるが、マナーが間違っていないか目を光らされていたので、正直味なんて覚えていない。しかし今日は、そんな窮屈さはまるでない。

「牛肉のステーキがおいしいと聞きまして。でも、ひとりで来るのも寂しいし、同僚と来たらまずくなりそうで躊躇《ちゅうちょ》していたんですよ」

「まずいだなんて」

彼の言葉はいちいち私をなごませてくれる。

牛肉を口にするときの調理法は牛鍋が圧倒的に多いが、ここのステーキは臭みもなくとにかく柔らかい。

「とてもおいしい……」

思わず漏らすと、彼は頬を緩めている。

「お気に召してよかった。八重さん、やはり所作がおきれいだ。見惚《みほ》れてしまいました」

「えっ……」

食べることに夢中で、見られているなんて気づかなかった。ナイフやフォークの扱いも学んでいるが、間違ってはいなかっただろうか。

警察官とはいえ、彼も裕福な家庭で育っている。こうした機会は何度もあったに違いない。

「すみません。緊張しないで食べてくださいね。ただ、八重さんと一緒にいると、行動をつい目で追ってしまうといいますか……」

彼は珍しく視線をキョロリとそらして話す。

少し耳が赤いのは気のせいかしら。

とはいえ、『目で追ってしまう』なんて言われて、照れくさいのは私のほうだ。

「使い方が誤っていたら教えていただけますか？」

「ひとつとして間違っていませんよ。音もたてず、本当にご立派だなと思う反面、子爵令嬢は大変だなと考えていました」

子供の頃からこうなので、大変というよりは窮屈という感覚のほうがしっくりくる。

「黒木さんの奥さまになられる方も、きっとそういう方でしょう？」

父が認めない新華族とはいえ、大きな造船会社の家柄ならそれなりの奥さまを娶るはずだ。

「結婚、ですか……。できれば、自分の好いた方としたい」

はっきりとした口ぶりで話す彼に真摯な眼差しを注がれて、拍動が速まるのを制御できない。

「そう、ですね……」

たまらなく息苦しくなり、なんとかそう返した。

「八重さんは……もうめぼしい方がいらっしゃるのですか？」

「わかりません。私たちに意思を持つことは許されないのです。良家の方に見初めていただき、父が承諾すれば結婚となるのでしょう。私はただの道具ですから」

家の品格を保つためのただの道具。

　正直うんざりしていたので、再び愚痴が口をついて出てしまった。家や女学校では決して言えない本心だった。

　とはいえ、不自由なく生活できる私は、戦争に出征したり大切な人を亡くしたりする人よりは間違いなく恵まれている。

「道具……」

　眉根を寄せてフォークを置いた彼は、なぜか悔しそうに唇を噛みしめた。

「八重さんは道具なんかではありません。暴動のあと、恐怖を抱えてまでも私の心配をして警視庁まで来てくださった。こんなにお優しい方が、道具であろうはずがありません」

　気遣いの言葉をきっぱりと言い切る黒木さんを前に、視界がにじんでくる。私のことをこんなふうに言ってくれた人は今までいない。

「ありがとうございます」

　彼の言葉はうれしいけれど、私が道具であることは変えようがない現実なのだ。

「由緒正しき公家華族でいらっしゃるなら、私のような成り上がりは相手にもされないのでしょうね」

「えっ？」

どういう意味？

「すみません。今のは忘れてください」

困ったような笑みを浮かべる黒木さんは、「気を取り直して、食べましょう」と私を促した。

結局、彼の真意がわからぬまま、レストランをあとにすることとなった。

それから黒木さんと、時々逢瀬を重ねるようになった。

これが初めて味わう〝恋〟という感情なのだと自分でも気づいている。

彼の前では気取ることなく自然体で過ごせるし、大きな口を開けて笑っても咎められることはない。

彼もまた、職務中のキリリとした表情とは打って変わって柔らかな笑みを見せてくれるので、同じような気持ちでいてくれるはずだと勝手に思っていた。

重なる心、引き裂かれる愛

はらはらと雪が舞う、寒さもひとしおの二月。

「八重さま、最近ぐんとお美しくなられましたね」

「えっ……。そう？」

女学校に行く前にてるに髪を結ってもらっていると、そんな指摘をされて驚く。

「はい。もともとお美しいのに、最近は生き生きとしていらっしゃって磨きがかかったようです。他の女中もそう言っていますよ。輿入れもお近いのでは？」

「輿入れ……」

もういつそうした縁談が持ち上がってもおかしくない歳であることはわかっているし、父に指示された家に嫁ぐのだと覚悟もしていた。しかし、黒木さんに出会って、その覚悟は揺らいでいる。いや、彼以外の人に嫁ぐなんて考えたくもない。

自分の中にそんな強い気持ちがあることに、少し驚いていた。


数時間後。私は女学校でいつものように背筋をしゃんと伸ばして先生の話に耳を傾けていた。けれども今日は少し緊張気味だ。なぜなら、女学校とは関係がない外部の良家の人が見学できる授業参観だからだ。こうした行事は時々あるのだが、良家の方々は授業の光景を見ているのではなく、嫁探しをしている。

しかし、学問が秀でているなどという基準で選ぶことはなく、子をたくさん産めそうな丈夫な体をしているかとか、器量がよいかといったことばかりが重視される。いわゆる〝美人〟ほど早く中退して、嫁入りする傾向があるのはこのせいだ。そのため、卒業まで売れ残ると〝卒業面〟なんていう不名誉な称号をいただく羽目になる。

まだ結婚したくないのに、卒業面と言われるのもどうも……。実に理不尽ではあるが、それが現実だ。

そんな複雑な気持ちを持て余しながら、心なしかいつもより顔を伏せ気味にしていた。黒木さんに心奪われている私は、間違っても嫁探しをする他の家の目に留まりたくはなかったからだ。

それから十日ほどして、夕食の折に父から衝撃の事実を知らされることとなった。

「八重、喜びなさい。先日の授業参観でお前を見初めてくれた方がいらっしゃって、縁談が持ち上がったよ」

「縁談……」

父はすこぶる上機嫌。普段は仏頂面で食事を進めるくせに、目尻を下げて口元を緩めている。

しかし私は狼狽《ろうばい》を隠すのに必死で、作り笑いさえ浮かべることもままならない。

「それが、徳川《とくがわ》家の血を引く侯爵清水《しみず》家からのお話だ。ご長男の恒《ひさし》さんは齢二十七で、帝国大学を卒業後、現在は農商務省に勤務していて将来が期待される優秀な人らしい。結婚相手として申し分ない」

自分の将来に関わる話なのに、頭に入ってこない。

いずれこういう時期がやってくると腹をくくっていたところもあったが、それも黒木さんに出会う前まで。

真田家の品格を保つための道具としてしか見てもらえないことをあきらめつつあったのに、彼は道具ではないと言ってくれた。けれどやはり、私の人生は家のもの。父の胸三寸で決まるのだ。

「八重、よかったじゃないか。清水家といえば名門中の名門。帝国大学を卒業されているのなら、優秀な方に違いない。私も鼻が高いよ」

兄までもが喜びをあらわにする。そして母も、満面の笑みを浮かべていた。

「ありがとう、ございます」

本当はお礼が言いたかったわけではない。「私には想う方がいます」と何度口をついて出そうになったことか。しかし、そうする勇気はなく箸を置いた。

「八重。顔色が優れないが、どうかしたのか？」

「い、いえっ」

父の鋭い指摘に、絶望に包まれている私はなんと答えていいのかわからない。

「八重は緊張しているのですよ。そんな素晴らしい方のところに嫁ぐんですもの、当然ですわ」

母が助け船を出してくれたが、その発言の内容は私の心の中とはまったく異なるものだった。

気もそぞろに食事を終え自室に戻ると、てるが風呂の準備のためにやって来た。

「八重さま。元気がないようにお見受けしますが、大丈夫ですか？」

「大丈夫よ。ねえ、てる。てるは好きな人がいるの？」

最近、主に食事の支度を担当していた女中が嫁いだばかりで、恋愛の話で盛り上がっていたはずだ。てるにも想い人がいるのだろうか。

「わ、私ですか？　気になる方がいるにはいるのですが……」

恥じらうような表情をして小声で告白する彼女は、いつものはつらつとした姿とは違う。恋する乙女そのものだった。

私も、黒木さんの前ではこんな顔をしているのかしら。

ふとそんなことを考え、即座に打ち消す。彼のことを考えても、もうどうにもならない。

「そう。頑張って」

「ありがとうございます。でも突然どうされたんですか？」

「私ね……。侯爵清水家に輿入れが決まったの」

給仕の担当ではない彼女はまだ知らなかったらしく、目を大きくしたあと、ぱあっと表情を明るくする。

「それはおめでとうございます。八重さまはお美しいですもの。世の男性が放っておきませんよ。よかったですね」

一番近くで私の世話をしてくれている彼女は、うっすらと目に涙まで浮かべて喜んでいる。

私は家族や女中の祝福を裏切ることなんてできないのだろうなと、呆然と考えていた。

恒さんと顔を合わせたのは、その週の日曜日。一刻も早いほうがいいと言う父が、私を伴い清水家に向かったのだ。

新宿《しんじゅく》の一等地にある清水家の敷地は驚くほど広く、庭は手入れが行き届いている。立派な洋館はまだ新しく、その隣には和風の住居まで整っていた。

格式と財力をいきなり見せつけられて、緊張のあまり顔が引きつる。

三つ揃えの背広を身に纏った恒さんは、下がり気味の眉が印象的な優しそうな男性だった。黒木さんよりは背が低く体の線も細い。そして声色は幾分か高めだ。無意識に黒木さんと比べてしまい罪悪感があるが、どうにもならない。

双方の両親を伴い挨拶を交わしたあと「恒さんとふたりで親交を深めなさい」と言われ、広い部屋を出た。彼に従って長い廊下を歩き、さらに階段を上ったところにある部屋は、上等なソファが置かれた落ち着いた雰囲気だった。和室ばかりの真田家とは違い西洋式で、生活様式の違いに戸惑いを隠せない。

しかし、教えられている通り笑みを絶やすことなく勧められたソファに座る。彼は向かいに腰を下ろした。

「八重のために紅茶とビスケットを用意させたんだ。嫌いか？」

いきなり呼び捨てにされて眉尻が上がったものの、恒さんは私の夫となるのだから当然だと思い直して口角を上げる。

「いえ。ありがたく頂戴します」

「ふみ、用意して」

「かしこまりました」

私たちのあとを追って部屋に入ってきたふみさんは、女中なのだろうか。それにしては艶やかな着物を着ている。いや、これが侯爵家の日常なのだろう。

そう考えながらも、緊張で恒さんの顔を見ることすらできない。

「私たちの部屋も二階にあるんだ。ほとんど使ったことがなく新しいので、気に入るのではないかと」

「ありがとう、ございます」

これだけ広ければ、使わない部屋はいくらでもありそうだ。けれど、〝私たちの部屋〟と言われて眉根が寄りそうになる。

私はもうすぐ恒さんに嫁いで、ここで一生暮らすのだ。

何度自分に言い聞かせても、どこか夢見心地で実感がない。

しばらくするとふみさんと、別の女中ふたりが部屋に入ってきた。

「恒さま、ご用意できました」

でやってきて、私にお辞儀をする。


「ありがとう。こちらに」

ふみさんは若く見えるが、女中頭なの？

あとのふたりと比べると、纏う着物の質が違う。

目の前のティーカップになみなみと紅茶を注がれ、お砂糖も入れてもらった。

三人が出ていこうとすると「ふみ」と恒さんが呼び止める。すると彼女は彼の隣まで やってきて、私にお辞儀をする。

「あらかじめ紹介しておこう。ふみだ。彼女は私の幼なじみだ」

どうりで、女中とは違うと感じたのか。

「初めまして。真田八重です」

私も立ち上がり何度も練習してきた動作で、丁寧に腰を折る。

「斉木《さいき》ふみと申します」

彼女の声は健気に咲く菫《すみれ》のような可憐さを纏っている。

「ふみは私の想い人でね。今後もこの屋敷に顔を出すと思うが、仲よくやってくれ」

恒さんにそう告げられたものの、言葉の意味を呑み込めない。

想い人？

呆然としていると、彼は続ける。

「清水家は由緒ある家柄だ。私はそれを守らねばならない。八重との間にも子をもうけるつもりだが、爵位は男にしか継げない。だから、子は多いほうがいい」

私との間〝にも〟ということは、ふみさんとの間にも子をもうける、ということ？

最近では随分少なくなってきたとはいえ、政府要人の中にはあたり前のように妾を抱える人もいると耳にした。けれども、まさか自分の夫となる人に、嫁入り前からその存在を告げられるとは思ってもいなかった。

「難しいことは考えなくていい。ふみはごく一般の家庭の女だ。清水家の嫁としてはあまり歓迎されなくてね。普段、妻として連れて歩くのは八重だから。先ほどから見ていると、所作は完璧なようだし、清水家の恥にならぬよう過ごしてくれればそれでいい」

平然とした顔で言い放つ恒さんが信じられない。そして顔色ひとつ変えることなく聞いているふみさんも。彼女は妾という地位に甘んじても構わないのだろうか。

私はとても「はい」とは言えなかった。

父はふみさんの存在を知っていて、私を嫁がせるの？

この縁談は、真田家にとっては渡りに船。期待以上の地位ある家からの結婚の申し入れに、父や母が舞い上がる気持ちはよくわかる。けれど私は……。

黒木さんのことだけでなく、旦那さまになる人に最初から妾を紹介され、飾り物のような嫁だと宣言されては、冷静でいられるわけがない。自分が良家との縁をつなぐ〝道具〟であることはわかっていたことだ。しかし黒木さんに出会い、道具にはなりたくないと心が叫んでいた。

それでも運命にはあらがえないのだと覚悟をして、こうして今日ここにやってきたというのに。

愕然として視線をさまよわせていると、「紅茶が気に入らない？」と問われて、慌てて首を横に振る。

「いえ……」

私の心が乱れていることが理解できないのだ、この人は。

そんなふうに考えてしまい、表情を強ばらせた。

それからは魂が抜けたかのようになにをする気力もなく、女学校も休んでいる。けれども、輿入れが決まり中退することも決定事項なので、父も母もなにも言わない。

ただ、たおやかな所作に磨きをかけて一層恒さんに好かれるようにと、行儀にはますます厳しくなり、今まで以上に窮屈な生活を強いられた。

両親にはふみさんの存在を話せなかった。

それとなく、「本当は恒さんに想う方がいらっしゃるのでは？」と切り出したものの、「そうだとしても、妻となるのは八重なんだ。八重を選んだのは清水家なのだから、お前はただお仕えすればいい」と父にきっぱりと言われて、目の前が真っ暗になった。気持ちなど関係ない。家と家の結びつきが結婚なのだと改めて思い知らされたからだ。

「このまま……嫁ぐの？」

夜空に浮かぶ三日月をボーッと見つめながら、身を切るようなつらさに耐える。

「黒木さん、助けて」

そう口にした瞬間、一筋の涙がこぼれていった。

金曜になり、女学校に行くことにした。家にいても「恒さん」を連発されるのが苦しいからだ。

しかし学校を前に足が止まった。

おそらく私の婚約を知っている友人たちは、笑顔で祝福してくれるだろう。でも、少しもうれしくはない私はそれに耐えられるだろうか。

気がつけば校門の前で踵を返し、人力車を捕まえて警視庁に向かっていた。

黒木さんとは土日に会うことが多かったけれど、先週も今週も仕事で会えないと聞いている。来週まで、こんな悶々とした気持ちで過ごすことなんてできない。

しかも、輿入れの準備は着々と進んでいく。止める方法があるのなら、止めたい。けれども私にはその力がない。黒木さんならあるいは、と思ったのだ。

警視庁の前に着いたものの、足が進まない。

なんと切り出したらいいのだろう。私は黒木さんに恋心を抱いていても、彼もそうだとは限らない。私との逢瀬を楽しみにしてくれてはいるが、特に深い意味はないのかも。

「輿入れが決まりました」と告げて、祝福に満ちた表情で「おめでとう」と言われたら……。

ふとそう考えると足がすくむ。

しばらく呆然と立ち尽くしていると、前回、黒木さんのところに案内してくれた警察官が庁舎から出てきて、私に気づいた。

「あなたは、黒木警部の……。今、巡回に出られているのですが……」

「そう、でしたか」

突然訪ねてきたのだから、そういう事態もあって然り。しかし、今日は落胆の色を隠せない。

会いたいのに会うのが怖い。そんな気持ちだったというのに、いないと聞いた瞬間、強烈に会いたいという衝動に駆られた。

「あっ、帰ってこられた」

その声に促されるように振り返ると、制服姿の黒木さんの姿が視界に飛び込んできてなぜか瞳が潤んでくる。泣いてはおかしいのに。彼の顔を見た瞬間、張り詰めていた緊張の糸がプツンと切れた。

「真田さん、私を訪ねて？」

苗字で呼んだのは、周りに同僚がたくさんいるからだろう。

「はい。お忙しいのに申し訳ありません」

「いえいえ。失せ物の件ですよね」

そのとき、彼がとっさに嘘をついたのだとわかった。すると、私を見つけた警察官は、頭を下げて離れていく。

「こちらへ」

彼は私を伴い、人気のない場所に向かった。

迷惑だったのだ。

頭ではわかっていたのに、意にそぐわない婚姻と妾の存在を知らしめられて張り裂けそうな胸の痛みに耐えかね、ついここに足を向けてしまった。

「申し訳あり――」

「会いたかった」

「えっ……」

予想外の言葉に、声がかすれて続かない。

「会いたくて、たまらなかった。来てくれてありがとう」

そう言われた瞬間、こらえきれなくなった涙があふれていく。

「どうしたんですか？」

自分までもが苦しそうに眉をしかめる彼は、ためらいがちに私に手を伸ばしてきて、涙が伝う頬に触れる。

「私……。私……」

「輿入れが決まったんです」と続けたいのに、勇気がない。

「八重さん。あなたが泣くのはつらい。私があなたのためにできることを教えてください」

私のために？　輿入れを阻止してほしいと懇願したら、叶えてくれるの？

喉まで出かかった言葉を呑み込み、うなだれる。

「女学校は？」

「……行きませんでした。もう、行かなくてもいいんです」

それで伝わるのではないかと、期待をこめて言った。すると彼は目を見開き、私を凝視する。

「夜の勤務でしたので、もう仕事は終わりです。十分で着替えてきますので、ここで待っていてください」

それは、これから一緒にいてくれるということ？

「はい」

返事をすると、彼は優しい笑みを浮かべて私の頬の涙を拭い、身をひるがえして去っていった。

彼は約束通りすぐに舞い戻ってきて、私の手を引く。

婚姻が決まった私が――いや、決まっていなかったとしても、男性にこうして手を引かれている姿を父に見られたら、勘当される勢いで叱られることは百も承知。しかし、それでもいいと思うほど私の心は疲弊していた。

黒木さんは無言で歩き、捕まえた人力車に私を乗せた。そして、連れていかれたのは人気のない神社だった。

「ここ、あまり人が来ないんだ。だから俺たちも不審な者が群がらないかよく巡回をしている。実は先ほど来たばかりだから、しばらくは警察官も来ないよ」

ふたりきりになれる場所を考えてくれたのだろう。

彼は私の手をごくごく自然に取って、真摯な視線を送ってくる。その瞳が「全部話して」と言っているように見える。

「もしかして……縁談が持ち上がったの？」

女学校に行かなくてもいいという発言で気づいてくれたのだ。私は唇を噛みしめながらうなずいた。

「私……。お嫁になど行きたくありません」

両親の前では決して言えないひと言を吐き出した。すると彼は見たことがないほど顔をゆがませ、手に力をこめる。

「行かせない。八重は俺のものだ」

「あっ……」

初めて呼び捨てで呼ばれて、腕の中に閉じこめられた。こんなことをしてはいけないとわかっているのに離れられない。

『俺のもの』と明言され、うれしくないわけがない。彼も私と同じ気持ちを持っているのだと胸に喜びが広がった。

そして同時に、「おめでとう」と送り出されなくて安堵した。

「好きだ。八重のことが、好きなんだ」

背中に回した手に力をこめる彼は、切なげな声で振り絞るように言う。

「黒木さん、私も」

あふれる恋心をもう隠しておけない。

不承の婚約を押しつけられ、華族の家に生まれたのだから仕方がないと一旦はあきらめもした。けれど、愛してもらえない人のところに嫁ぐのも、愛する人と離れるのも、やはり受け入れがたい。

「八重……」

彼はもう一度私の名を口にしたあと、腕の力を緩めて強い視線を送る。

「好きだ」

そして愛の言葉を囁き、唇を重ねた。

彼の柔らかい唇が触れた瞬間、しびれるような甘い疼きが全身に広がる。しばらくして黒木さんが離れていくと、恥ずかしさのあまり彼にしがみついて顔を隠した。

「俺と一緒に生きてくれないか？」

「はい」

喜びのあまり、頬が緩む。

けれど、どうしたらいいのだろう。どうしたら彼と一緒になれる？

それから彼は私を社の階段に座らせ、ぴったりとくっついて自分も腰かけた。私は縁談の内容をかいつまんで話して聞かせた。

「清水家か……。名門一族だな。ご両親が舞い上がる気持ちもわかる」

彼も清水家については知っていたようだ。

「しかしあそこのご長男は、たしか酒癖が悪くて、暴力沙汰を起こしていたような。花街で芸妓に派手に手を上げて、警察が対処したはずだ。金で握り潰されて表沙汰にはなっていないだろうが」

恒さんがそんな事件を？

まったく聞かされてはいない事実に驚愕した。

「彼には幼なじみがいて、彼女にも子を産ませると言われました」

「はっ？　会ったのは一度きりなんだろう？　そのときに？」

うなずくと、黒木さんは天を仰いだ。

「そんな男のもとに嫁いでも、八重が幸せになれるわけがない」

そして苦虫を噛み潰したような顔でため息をつく。

「俺と、逃げようか」

「逃げる？」

「そう。悔しいが、黒木家は清水家には太刀打ちできない。元士族と元公家では雲泥の差だ。どれだけ頭を下げようと、ご両親に許されないだろう」

たしかに、身分にはかなりの開きがある。閨閥《けいばつ》関係を重んじる華族の世界では清水家との縁談を選ぶのが普通だ。けれど、身分なんてどうでもいい。

「でも、黒木さんのお仕事は？」

「俺は……とある目的のために警察官になった。しかし、警察官でなくてもその目的は果たせる。八重と生きていけるなら、別の道を模索する」

そこまで覚悟してくれているのなら、うなずく以外に返事はない。

「行きます」

私を道具ではないと言い、好きだと口にしてくれる彼とともに生きていきたい。

「いばらの道かもしれないぞ？」

「構いません。黒木さんと一緒なら、どんな苦労もいとわない。これほど胸を焦がした彼と一緒にいられるなら」

「わかった。準備をして近いうちに必ず迎えに行く。少し待ってほしい」

「はい」

黒木さんはうれしそうに微笑み、私の顎に手を添えた。すると絡まる視線のせいで拍動が速まっていく。

「苦労させるかもしれない。でも、幸せにする」

そう囁いた彼は、もう一度甘い唇を重ねた。

やっと気持ちがつながり離れがたいが、黒木さんとともに生きていくと覚悟が決まったので心は穏やかだった。

人力車で家の近くまで送ってもらうと、女中のひとりに見つかってしまった。

「八重さま！　女学校から出席なさっていないと連絡が入り、お捜ししておりました」

彼女はそう言いつつ、隣の黒木さんに視線を送る。

「この方は……道に迷ったところを助けてくださって」

あまりに不自然な言い訳だと思ったが、とっさにそれしか出てこなかった。

「そう、でしたか。奥さまがお待ちです」

「はい」

私は黒木さんに頭を下げてから、真田家に戻った。


その晩。父は帰ってくると私を自室に呼び出した。

「八重。男と帰ってきたそうじゃないか。恥を知れ！」

すさまじい剣幕でいきなり怒鳴られて、平手が頬に飛んでくる。厳しくされたことはあったがこうして叩かれるのは初めてで、呆然とした。

「あの方は――」

「嫁入り前の女が、どんな理由があれ男とふたりで人力車に乗ることなど許されん！」

駆け落ちの前に黒木さんの存在を勘ぐられてはまずいと、女中にした言い訳を繰り返そうしたが、聞いてももらえなかった。

彼が想い人でなかったとしても〝男性〟というだけでだめなのだ。

「清水家に知られたら婚約破棄になる。しっかりしろ」

「私は……それでも構いません」

「なにっ？」

思い切って口にした言葉が、父の憤怒を誘った。

「せっかく見初めてくださったのに、なんという言い草だ」

もう一度平手が飛んできたが、歯を食いしばって耐えた。黒木さんと生きていけるなら、これくらいどうということはない。

もう真実をぶちまけよう。そうでなければ理解は得られない。

「恒さんには想い人がいらっしゃいます。彼女に子を産ませたいとおっしゃっていました」

「子を？　妾がいるということか？」

「そうです。彼女にもお会いしました。大変親しげなご様子でした」

娘の幸せを願うなら、破談にしてください。

そう心の中で念じながら、父から視線をそらすことなく伝える。目を泳がせた父は、一瞬の間のあと、グイッと顔を上げて口を開いた。

「上流の育ちになればなるほど、妾は存在するものだ。身に余るほど立派な家柄の夫に恵まれたと思いなさい」

期待したものとは真逆の言葉を浴び、眉をしかめる。

そんなふうに思えるはずがない。

華族は男系の血を絶やさず、爵位を継続することこそ責務だと思われている。けれども、そのために犠牲になるのは女だ。最近では少なくなってきたとはいえ妾も相変わらず存在するし、女は婚約者以外の男と少しでも口を利けば激しく叱責される。黒木さんと人力車に乗っていたという事実だけで平手打ちなのだ。それなのに、男の妾は容認なんて。

しかし、その不満を父にぶつけたとて、この問題が解決するとは思えない。やはり、黒木さんと一緒に逃げよう。

そんな気持ちを強くしながら仏頂面で立ち尽くしていた。

「なんだ、その顔は。それでは清水家の嫁として不合格だ。一から叩き直してやる。もう女学校には行かなくていい。外出も禁止だ」

父の権幕に目を瞠る。

外出できなければ、黒木さんと会えない。彼は三日後、あの神社で待っていると言っていたのに。

絶望が降ってきた。

その日は、夕食の席にも顔を出さなかった。

てるがこっそり食事を部屋に運んでくれて、「女中が余計なことをお伝えしたせいで……」と頭を下げるが、間違っても女中のせいではない。私を主に世話してくれてると数人の女中以外は、父や母の命令が絶対なのだから。

「大丈夫。てる、いつもお世話をしてくれてありがとうね」

「とんでもございません。私は八重さまがお嫁に行かれるのが寂しくて……。あまり自由にならないかもしれませんが、是非こちらにも顔を出してください」

「うん。そうするわ」

そう返事をしながら、黒木さんのところにどうしたら行けるのかとばかり考えを巡らせていた。

そして黒木さんとの約束の日がやってきた。

この三日間は女中たちの動きをよく観察して、いつなら外に出ていくことができるかと考えていた。しかし、父から私を外に出すなと絶対命令が下っているらしく、そんな隙はまったくない。玄関の近くに常に誰かがいて、縁側から庭先を見ると、門のところにも庭師が立っている。

夜中であればあるいは、と思ったが、門の引き戸に外から鈴をつけられてしまい、どうしたってそれが鳴る。打つ手なし、だった。

無情にも約束の午後三時が過ぎた。

「黒木さん……」

憎らしいほど晴れ渡る空を見上げて唇を噛みしめる。

私はこのまま籠の中の鳥なのだろうか。実際に牢に閉じ込められるわけではないが、それに近いものがある。清水家に嫁ぎ跡取りを産めば私は用なし。一生、別の人を寵愛する夫の姿を見ながら生きていくのだ。

「どうして……」

どうして真田の家に生まれてしまったのだろう。

そんなことを思い、涙をこぼす。

初めて知った恋の味。けれどそれも一瞬で、燃え上がる間もなく火を消されてしまった。

私は頬に伝う涙を拭うこともせず、しばらく声を殺して泣き続けていた。

「八重さま、お食事の時間です。お体の具合はいかがですか？」

太陽が西の空に沈んだ頃、てるが障子越しに声をかけにきた。

「あまりよくないの。いらないわ」

「やはり、お医者さまを……」

「大丈夫だから大事にしないで。お父さまにはもう眠ってしまったと伝えて」

泣きすぎて目が腫れている。障子を開けずに答えると、「承知しました」という声が聞こえてきた。ずっと私の味方でいてくれたてるは、心配しているに違いない。しかし今は誰とも顔を合わせたくない。

黒木さんに会いたい。会いたくてたまらない。

約束の神社に行かなかったから、彼は私が怖気づいたと思っているだろう。おそらく……もう、二度と会えない。

「ごめんなさい」

私は彼を裏切ったのだ。

これから先、どうやって生きていけばいいのだろう。絶望しかない。

やがて屋敷には静寂が訪れた。皆、寝静まったようだ。

あれからてるが一度様子を見にきたが、私は寝たふりをして言葉も交わさなかった。口を開くことすらしたくないと思うほど心が疲弊していた。

そっと障子を開けて神社の方角を見つめると、月に雲がかかっていく。

私の心と同じ。黒木さんと思いを通じ合わせたときは煌々と輝いていたのに、暗雲が立ちこめてきて光を放つこともできなくなった。

再び視界がにじんできたとき、庭先でなにかが動いた気がして体をビクッと震わせる。しかし、なにも見えない。

鳥でもいたのかしら……。

縁側に出て目を凝らすと、今度はガサッという大きめの音がして腰が引けた。

「誰かいるの？」

途端に速まる鼓動。

門は私が出ていけないように鈴がついているはずだが、鳴ってはいない。庭師がこんな夜更けにいるわけがないし……。

「八重」

「えっ……」

焦り、誰かを呼びにいこうと背中を向けた瞬間、うしろから声がして目を瞠る。この声は……。

「黒木、さん……」

「神社に来ないからもしかしてと思ったら、やはり外出を禁じられたんだね。門の引き戸に大きな鈴がついていたから、出られないんだとわかった」

まさか、今生の別れとなってしまったと思っていた彼が来てくれるなんて。

私はたまらず胸に飛び込む。

「こちらへ」

縁側では誰かに見られるかもしれないと、慌てて部屋に彼を入れ、障子を閉めた。

「どのようにいらしたんですか?」

「暗くなるまで待って、塀を乗り越えさせてもらった。だいたいの部屋の場所を聞いておいてよかった……」

「塀を?」

警察官の彼が他人の屋敷に忍び込むなど言語道断。余程の覚悟を持って来てくれたのだとわかった。

「八重。俺のせいで折檻を受けなかったか?」

「い、いえっ……」

父に平手でぶたれたことを思い出し、視線が泳ぐ。すると彼は私の嘘に気づいて強く抱きしめた。

「すまない。もっと気を配るべきだった。今でも俺と逃げる気はある？」

「もちろんです。黒木さんと一緒に行きたい」

彼のシャツを握りしめ訴える。このまま心を殺して生きていくのは耐えられない。

「わかった。大切なものだけ持って。闇に紛れて出よう。鈴は外から解いておいた」

それじゃあ、ここから逃げられるのね。

つい先ほどまで死んでしまいたいと思うほど沈んでいたのに、喜びが広がっていく。

「はい」

大切なものなんてほとんどない。六年ほど前に亡くなった、私をかわいがってくれた祖母にもらったかんざしだけを髪に挿し、黒木さんの手を握った。

庭の木の陰を通り、なんとか誰にも見つからず玄関の門を抜け出したあと、私はこれまで育ててもらった真田家に深く一礼する。

「八重、本当にいいのか？」

「はい。私は黒木さんと生きていくと決めたのです」

彼の目をまっすぐに見つめてきっぱり言うと、彼は優しく微笑み「行こうか」と私の手を引いた。

夜中では人力車が捕まるはずもなく、ふたりでひたすら歩いた。

そして、彼があらかじめ用意してくれていた、ひっそりとした路地裏にある宿屋にやっとたどり着いた頃には、東の空が明るみ始めていた。

「こんなところですまない。あまり目立ちたくないんだ」

宿屋は古く、夜具も決して贅沢ではない。しかし、彼と一緒にいられるならどんなことでも受け入れられる。

「十分です」

「足、痛むだろ?」

ひたすら三時間近く歩き続けたせいで、草履の鼻緒が擦れて血がにじんでいる。

「あっ、そんなこと……」

私を座らせた彼が足袋を脱がすので、そのようなことを黒木さんにさせるなんてと慌てふためいた。

「痛そうだ。女将に風呂を入れてもらっているから、洗い流そう」

「こんな時間によろしかったのですか?」

「ここの女将は、仕事で世話をしたことがあってね。わけありだと話してある。八重の着物もいくつか準備してくれているはずだ」

四面楚歌を覚悟していたのに、私たちの味方をしてくれる人もいるんだ。

なんだかホッとして目頭が熱くなる。

それからすぐに女将がやってきて、私を風呂場へと促した。

「ご迷惑をおかけして……」

「迷惑なんかじゃありませんよ。黒木さんはうちが悪い高利貸しに捕まって、もう首をくるしかないというときに助けてくださった命の恩人なんです。大切な人を連れてくるからとおっしゃっていましたが、えらくべっぴんさんで驚きましたよ」

「いえ、そんな……」

大切な人と紹介されて、くすぐったい。

「駆け落ち、なさるんでしょう？」

ズバリ尋ねられ、しばし固まる。けれど、もうすべて悟られていると思い打ち明けることにした。

「……はい」

「どうかお幸せになってください。困ったらいつでも手を貸しますから」

「ありがとうございます」

気を張り詰めていたせいか、優しい言葉をかけられて涙がこぼれた。

私が風呂から上がると、彼が交代で。用意されていた浴衣姿で待っていると、彼は早々にやって来て私の隣に座り腰を抱く。そして眉間にシワを寄せた。

冴えない顔をしていたのかもしれない。先ほど女将の話を聞き、警察官として立派に勤務していた黒木さんから仕事を奪うことに胸が痛んだからだ。

「俺に力があれば、堂々と奪いにいけたのに、すまない」

視線を絡ませて謝る黒木さんは、切なげな表情を浮かべる。

彼に力がないのではない。ただ、生まれ落ちた場所の問題なのに。

「もう、会えないと思っていました。好きでもない人の子を産むしかないのだと……。だから、黒木さんが来てくださったとき、私……」

そこまで言うと、みるみるうちに涙があふれてきて止まらなくなる。

「どんな手を使っても八重を手に入れるつもりだった。八重を他の男になんて渡さない」

彼は私の両頬を大きな手で包み込む。

「でも……本当に警察を辞めてもいいのですか？」

「そんなものと八重を天秤にかけられない。俺には八重が必要なんだ」

熱を孕んだ視線で射抜かれ、迷いがなくなった。

「黒木さん、私、も……」

そしてゆっくり唇が重なった。

何度も角度を変えて私の唇を貪る彼は、やがて舌で唇を割って入ってくる。そのまま粗末な夜具に押し倒され、甘い吐息が漏れた。

「八重は一生俺のものだ」

まっすぐに見下ろしてくる彼の瞳に自分の姿が映っている。それだけで胸がいっぱいだ。

「はい。一生ついていきます」

感涙にむせびながら答えれば、彼は再び唇を重ねた。

「愛してる」

口づけの合間に囁かれて彼の腕を強く握ると、首筋に舌が這いだし、浴衣の襟元をグイッと開かれる。私は緊張で体を強ばらせた。

「八重、怖い？」

「いえ。緊張、して……」

「優しくする。俺に全部ゆだねて」

彼は私の頬にかかる髪をそっとよけ、困惑の表情を見せる。

「やめてやりたいけど、無理だ。八重が欲しくてたまらない」

「黒木さん……」

「名前を呼んで。もう八重だけの男になるんだ。呼んでほしい」

私だけの？

恒さんに、妻にはするが心は別の人に向けると宣言されたが、彼は私だけを愛してくれる……。

「信吾、さん」

羞恥心で真っ赤に染まっていく体を自分ではどうすることもできない。しかし、愛される喜びに打ち震えた。

「八重。……八重」

甘いため息の合間に呼ばれる自分の名に酔いしれる。

「あぁ……」

襟元を開かれてあらわになった肩に唇を押しつけられて声が漏れる。あっという間に腰ひもを解かれて、恥じらいのあまり体をよじって逃げようとしたが、許してはもらえない。

「きれいだよ」

目を細め、恍惚の表情を浮かべる信吾さんは、私の体の形を確認するかのように首から下にすーっと指を滑らせていく。そして乳房を大きな手ですくい上げ、その先端を口に含んだ。

「……っ。はぁっ……」

声を我慢しようとしても漏れてしまう。

彼の長い指に、そして舌に翻弄されて、息が苦しいほど気持ちが高ぶる。乱れた彼の浴衣から鍛えられた筋肉質な体が現れ、たちまち私を包み込んでいく。素肌が触れ合うだけで甘いため息がこだまして、彼の背中に爪を立てた。

「あぁあっ、あ……」

やがて彼が入ってくると、背をしならせて震える。

「つらいか、八重」

「平気で……。はぁっ」

少し動かれるだけで全身を鈍い痛みと快楽が走り抜ける。

苦しくてたまらないのに、ずっとこうしていたいという相反した感情に支配され、たくましい腕をギュッとつかんでいた。

「八重。俺を見て」

ずっと目を閉じて悶えていたからか促されてゆっくり目を開くと、彼の艶やかな眼差しに捕まりそらせなくなる。

「八重を抱いているのは俺だ。俺がお前を幸せにする」

あぁ、そうだ。私は一番好きな人にまっさらな体を捧げられたのだ。彼に抱かれている喜びを一生忘れないでいよう。

「信吾、さん。ずっとおそばに……」

「もちろんだ」

伸び上がって口づけをせがむと、熱い唇が重なった。

彼の肩からするりと浴衣が落ちたあとは、ふたりとも一糸まとわぬ姿で乱れに乱れた。恥ずかしくてたまらないが、声が漏れるのを止められない。

「あぁぁ、んぁっ……」

「八重、好きだ」

「わた、しも……」

彼との行為に傾注し、ただただ幸せを感じていた。

やがて強く腰を送り込まれたのと同時に、最奥で彼が欲を放った。

「はぁっ、八重……」

信吾さんは激しい呼吸を隠すことなく私を強く抱きしめる。私は陶酔感に浸り、彼に体を預けていた。それから私たちは互いに言葉を交わすことなく、ただ肌と肌の温もりだけを感じていた。

自分の人生の矛先を自身で決められず泣き暮らすはずだったのに、たまらなく幸せ。しばらくすると、彼は私の額に唇を押しつけて表情を緩める。

「八重。昼間に動くのは危ない。日が落ちてからここを出よう。できるだけ遠くに逃げるんだ」

もう外はすっかり明るくなっていて、屋敷から逃げたと知られていたら誰かの目に留まる可能性が高い。

真夜中だった昨晩はここまで歩いて逃げるので精いっぱいだったが、日が落ちてすぐなら人力車や電車も使える。そうすれば遠くに逃げられる。

「はい」

私が笑顔で返事をすると、もう一度唇が重なった。

女将が用意してくれた着物は、普段てるたち女中が身に纏っているような柄のない媚茶色《こびちゃいろ》の一品。地味なほうが目立たずに動けるという配慮だった。

「お世話になりました」

「なにもお構いできませんで。私にできることがあれば、いつでもお待ちしております。黒木さん、奥さまを大切に」

お礼を言うと女将に『奥さま』と言われて、頬が赤らむ。

「ありがとう。女将も元気で」

信吾さんは簡単に挨拶を済ませ、私の手を引いた。

「電車に乗って西を目指そう。途中で気に入った場所があれば、そこに住むのもいい」

まさにいちから始める生活だが、不安などない。信吾さんと一緒なら、どんな困難も乗り越えられる。

電車に乗るために東京駅を目指したが、緊張で手に汗握る。私がいないことは確実に気づかれている。清水家にどうしても嫁がせたい父が、使用人を使って捜していることは明白だった。

「八重、こっち」

そのため彼も目立たないように私を連れて進む。

なんとか捕まることなく東京駅に到着し、目の前に電車が滑り込んできたときは、安堵して脱力するほどだった。

これで自由になれる。信吾さんと生きていける。

そう思ったのもつかの間。電車に乗り込もうとしたとき、どこから現れたのか駆け寄ってきた警察官が信吾さんの腕を捕まえた。

「黒木警部ですね。本日は無断欠勤されたということで、お捜しするようにと命令が下っております」

警察官が信吾さんを捜しているってどういうこと？　無断欠勤くらいで警察が動くのはおかしい。

「私は……辞表を提出した身です」

「辞表は受理されておりません。お戻りを」

いつも堂々として落ち着いている信吾さんだが、珍しく唇を噛みしめ目を右往左往させている。

「それと、真田八重さんですね。お父さまから捜索依頼が出ております」

捜索依頼？

父がそこまでするとは思ってもいなかった。駆け落ちの相手が警視庁に勤める信吾さんだと調べた上で――いや以前から調べてあったのかもしれない――警察に依頼したに違いない。

「離してくれ」

「警部。このまま電車に乗られると、あなたは誘拐犯になります。それでもよろしいですか?」

「そんな。私は誘拐などされておりません」

慌てて口を挟んだが、信吾さんに手で制された。

「クソッ」

信吾さんは固く握った拳を震わせる。

誘拐犯になろうがなるまいが、私たちはここで捕まる。ふと気づくと、数人の警察官に囲まれていた。

「彼女は関係ない。私が無理やり連れてきた」

「違います!」

私は強く否定したが、あきらめたように低い声を振り絞る信吾さんは、「誘拐したんだ。連れていけ」と言い放った。

「違う……」

おそらく彼はわかっていたのだ。そうすることでしか、父の折檻から私を救えないことを。

「そう、ですか。それでは」

「嫌っ、信吾さん！」

連行される信吾さんに縋《すが》りつくと、警察官に腕をつかまれる。

「汚い手で彼女に触れるな！」

怒りに満ちた信吾さんの声のせいで、私の腕から警察官の手が離れた。

「彼女は被害者だ。大切にしてくれ」

「信吾さん……」

ほんの一瞬だけ私を見て悲しげな笑みを浮かべた彼は、背を向けて行ってしまった。

真田家に連れ戻された私は、一層監視がひどくなった。

正座をする私を前に怒り狂う父だったが、ぶたれることはない。それは〝誘拐〟されたことになっているからだ。

「清水家を怒らせたら大変なことになる。破談どころか、爵位返上も覚悟しなければならなくなるんだぞ」

清水家にどれだけ力があるのか知らないが、婚約を破棄するだけで爵位返上にまで追い詰められるとは理不尽だ。妾がいると宣言されて嫁ぎたい人なんていないだろうに。

私はただ、自ら犯罪者になった信吾さんのことだけを案じていた。

「お父さま、黒木さんは無実です。どうかお助けください」

私が誘拐ではなかったともう一度証言すれば、彼は無罪放免となるのではないだろうか。

「馬鹿な。嫁入り前の大切な時期にたぶらかして連れ出したのだ。無実なわけがない」

鼻息荒い父をどうしたら説得できる？

私は考えを巡らせた。

「わかりました。ただいまより清水家に行って、駆け落ちを謝罪して参ります」

そう伝えると父の顔が引きつった。

「なにを言っているんだ。お前は誘拐されたんだぞ。それに、今回の件は清水家には知られていない。このままなにも言わなければ……」

「いえ。夫となる人に隠し事はできません。どれだけ罵られようと、すべてをあきらかにして謝罪いたします」

私が立ち上がると、父は慌てて引きとめる。

「待て。黙っていればいい」

「いえ。黒木さんだけを苦しませることはできません。私も同罪ですので、どんなお咎めも受ける覚悟です」

障子を開けて部屋を出ていこうとすると、焦る父が前に立ち塞がる。

「待て。わ、わかった。警察には手を回そう。だが、お前は清水家に嫁ぐんだ。いいな」

父はしかめっ面をしながらも信吾さんを助けると言ってくれたので、安堵の胸を撫で下ろした。

家から一歩も出られなくなり、外の様子はてるに聞くしかない。彼女は私が駆け落ちしたことも承知していて、想い人と添い遂げられないことに同情してくれているようだ。

「黒木さまは、本日無事に釈放となったようです。辞表も取り下げになったとか」

「そう」

これでいい。すべて私たちが出会う前に戻っただけ。——ただ、愛おしいという感情が残っている以外は。

彼と一緒に過ごせた宿屋での時間は、最高に幸せだった。あのひとときを胸に抱いて生きていこう。

信吾さんがこの先幸せになってくれればいい。

私は自分に必死に言いきかせ、涙をこらえた。


その日の晩。

食欲はなかったが、父の機嫌をこれ以上損ねてはいけないと大広間に食事に向かった。立派な膳は、華族ゆえ口にできるものかもしれない。でも、私が一番求めているのは……こんな幸せでは決してない。

姿勢を正して箸を持つ。幼き頃からしつけられた振る舞いは、父にとっては清水家との縁を取り持つひとつの要素となった。

「お帰りください。旦那さまはお会いになりません」

「お願いです」

玄関のほうからなにやらもめている声が聞こえてくる。

「八重さんに会わせてください」

はっきりとその声が聞こえた瞬間、箸を落としてしまった。

「信吾さん……」

立ち上がり部屋を出ていこうとすると、父に羽交い締めにされる。

「無礼者が。助けてやったのに恥を知れ！　横山《よこやま》、追い返せ」

父が使用人で秘書のような役割をしている男性の横山さんに指示を出す。

「嫌。信吾さん！」

「八重、八重！」

私の声が届いたらしく、信吾さんの悲痛な叫びが聞こえてくる。

「お父さま、お願いです。彼に会わせて」

「黙れ。お前は清水家の嫁になるのだ。これ以上逆らうなら、あの男は監獄に逆戻りだぞ」

父の言葉に絶望して、へなへなと座りこんだ。

それからしばらく横山さんと信吾さんがもめる声が響いていたが、やがて追い出されてしまったらしく静寂が訪れた。

「旦那さま。あの黒木という男、八年前の女の……」

しばらくして横山さんが真っ青な顔をして戻ってきたかと思えば、声を震わせる。

「横山。黙れ」

なぜか目を見開いた父は私にチラッと視線を送ったあと、強い口調でたしなめる。

八年前の女って、なに？

「一晩中門番を置き、屋敷の周りを警戒させろ」

使用人たちに声を飛ばす父は、「八重は部屋に戻りなさい」と付け足す。

私が大広間を出ていこうとすると、横山さんと父が深刻な表情でなにかを話し始めたので気になった。

部屋に戻り、呆然と夜空を眺める。

信吾さんが来てくれたのは本当にうれしかった。けれど、もう会えないという事実を突きつけられて胸が痛い。

しばらくして、てるがお茶を持ってやって来た。

「八重さま。お顔が青いですが……」

「うん。ねぇ、お父さまと横山さんはなにを話していたのかしら？ 八年前がどうとかと言っていたけど……」

私が大広間を出たあと、騒動で駆けつけてきて倒した膳を片付けていたてるは、なにか聞かなかっただろうか。

「はっきりとは聞こえませんでしたし、途中で旦那さまのお部屋に行ってしまわれたので……。ですが、八年前となるとおそらくあの件かと」

「あの件って？」

私が身を乗り出すと、てるは閉まっていた障子を一旦開け、周りに人がいないことを確認してから口を開く。

「実は旦那さまが乗っていらっしゃった馬車が女性をはねたんです。横山さんも一緒にいたようで。のちに、その方は歩けなくなったとお聞きしました」

「はねた？」

そんなことは初耳だ。

「はい。はねた直後にお医者さまに診ていただけば、歩けなくなるまではいかなかったかもしれないのに、見捨ててお逃げになったそうで。事故が明るみになっては真田の名に傷がつくと、後日、周囲で目撃した人間に金を握らせたとか。私はそれを指示された使用人から聞きました」

それほどひどいけがを負ったのなら命の危険もあったかもしれないのに。人の命と真田の名を天秤にかけたと？

ありえない。

「あ……」

そのとき、とあることを思い出して目を瞠る。

『妹がいたのですが、事故で歩けなくなってしまいました』

たしか、信吾さんはそう言っていた。

もしや、事故に遭ったのは彼の妹さんなの？

彼は妹さんをはねた犯人を捜すために警察官になったのかもしれない。そう考えると、警察官を辞めても目的は果たせると言っていたのも腑に落ちる。しかしまさか……その仇が父だなんて。

唖然として声も出ない。

「もしかして、黒木さまと関係のある方なのでしょうか」

「私にはわからないわ」と取り繕ったが、間違いなく妹さんだ。

動揺のあまり焦点が定まらない。

それでは、私と信吾さんは仇同士ということ？

馬車を操っていたのは父ではないはずだ。けれども、見捨てろと指示を出したのは父だろう。

なんと謝罪すればいいのか……。いや、謝罪しても妹さんは元通りにはならない。許されるわけがない。

衝撃の事実に、胸が鷲掴みにされたように痛んだ。

覚悟の逃避行

その後は息を潜めるように生活を続け、あっという間に二カ月が経った。

春の温かな風が心地いい季節となったのに、それとは裏腹に私は悄然《しょうぜん》として話をするのすら億劫《おっくう》だった。

「八重さま、もう少しお食べにならないと」

食欲のない私をてるが盛んに心配するが、清水の家に嫁ぐことより信吾さんの妹さんを父が見捨てたという事実に打ちのめされて、箸が進まない。しかも、最近は胃の辺りがむかむかして、食べたくない。

「ありがとう、てる。大丈夫よ」

てると会話をしていると、「八重」と父の声がする。

父の顔など見たくもない。

この家を出ることを許されない私には、黒木家に謝罪することもできず、苦しい毎日を送っていた。

「なんでしょうか」

部屋にずかずかと入ってきた父に、視線を合わせず答える。てるは私のうしろに移動して、頭を下げた。

「見事な婚礼衣装が整ったぞ」

父が廊下に視線を送ると、三人の女中が私のためにあつらえた黒留袖を持って現れた。

「どうだ。少々値は張ったが、清水家に送り出すにはこのくらいしないとなぁ」

「ありがとうございます」

「最近の八重は毒が抜けたように物静かだ。清水家の嫁になる自覚が出てきたか?」

とんでもない勘違いに腹が立つ。

「……お父さまは、爵位がそれほど大切ですか? 人の命より、大切ですか?」

「八重さま」

思わず出た言葉に、てるが焦って止める。

「なにを言っているんだお前は。命? なんの話だ」

平然と言い放つ父は、信吾さんの妹さんのことなど気にもかけていない様子だ。

「旦那さま。八重さまは少々体調がお悪いようですので」

感情が爆発しそうになったとき、てるが間に入ってくれたので、私は膝の上の手を握りしめて涙をこらえた。

父は戻っていったが、立派な黒留袖だけが残された。

「八重さま。私は八重さまに幸せになっていただきたいのです」

「てる……」

恒さんとの挙式まであと一カ月。心は置いてきぼりで、着々と準備が進んでいる。

初めて会ったあの日から一度も顔を合わせないのは、私がお飾りである証。恒さんは私になど興味はないのだ。ふみさんさえいれば。

「私はどうして差し上げたら、八重さまに笑顔が戻るのかわかりません。ですが、私は八重さまの味方です。なんなりとおっしゃってください」

「ありがとう、てる」

もう私にはてるしか味方がいない。


それから三日。

本来なら喜ばしくすぐにでも袖を通したいはずの黒留袖が、部屋の片隅にひっそりと置かれている。これを纏った日。恒さんと閨《ねや》をともにしなければならない。そして子を……。

そんなことを考えていると気分が悪くなり横たわる。

なんだか最近熱っぽい。

「あっ……」

いろんなことが起こりすぎて自分の体にまで気が回っていなかったが、私……月のものがきていない。

「まさか」

そっと自分のお腹に手をやる。

ここに信吾さんとの子がいる？

途端に速まる拍動が苦しいくらいだ。

最近体調が思わしくないのは、気分が塞いでいるからだけでなく、もしかしてつわり？

もしそうだとしたら、どうしても産みたい。愛する人との間にできた子を、殺めることなんて絶対にできない。

でも、婚姻はどうしたらいい？

黙って清水家に嫁いでも、とんでもなく早く産まれてしまう。恒さんの子ではないとすぐに気づかれる。

私はその晩、子を守るためにはどうしたらいいのかと一睡もせずに考えに考えた。

そして翌朝、身支度を整えに来てくれたてるに、子を授かっているかもしれないことを打ち明けた。私ひとりではどうにもならないからだ。

「八重さま……」

目を丸くしたてるだったが、「触れてもいいですか？」と目尻を下げて私のお腹にそっと手を伸ばす。

「ここに愛おしい方のお子さまが……。それで食欲もなかったのですね」

「てるは喜んでくれるの？」

「もちろんです。私は八重さまがお幸せなら本望です」

彼女に出会えてよかった。彼女が私づきの女中で、救われた。

「私……この子を産みたいの。この家を出て信吾さんにも頼らずに生きていく」

「どうしてですか？　黒木さまはお喜びになるのでは？」

「ううん。あの方は、警察官として輝いてこそなの。もう迷惑をかけたくない」

てるに、父が見捨てた女性が彼の妹さんだとはどうしても打ち明けられなかった。

そんなことが明るみに出れば、父は爵位返上どころか逮捕されるからだ。

父への怒りは収まらないが、さすがにそこまではできない。

「お覚悟があるのですね」

「そうね。この子を守りたいの。てる、家から出られる方法はないかしら?」

「八重さま……」

てるは神妙な面持ちでしばらくなにかを考えている様子だったが、キリリと表情を引きしめて口を開く。

「承知しました。まずは本当に子ができているか確認しなければ。少しお待ちいただけますか?」

生き生きした表情を見せる彼女は、一旦部屋を出ていきすぐに戻ってきた。

「裏門を出たところに、車夫を待機させました。汚れていて申し訳ありませんが、こちらにお着替えください。女中のふりをして家を出ましょう」

てるは私に自分の着物を差し出す。

「それと少なくて申し訳ありませんが、こちらを」

彼女は私に小さな包みを握らせる。それを開くといくばくかのお金が入っていた。

「これはてるのものでしょう?」

「お子さまを守るにはお金がいります。実は……待たせている車夫は、私の想い人なのです。結婚を申し込まれています。私たちは自分の気持ちのままに動くことができますが、八重さまはそうではございません。せめて私たちにも応援させてください」

てるが恋していたのは、車夫だったのか。

「でも、父に知られたら、てるたちもただでは済まないわ」

間違いなく暇を出される。

「八重さまをお見送りしたら、私たちもその足で出ていきます。八重さまのいない真田家に未練はございません。なにかを失敗して旦那さまに折檻されるたび、八重さまは私たち女中をかばってくださった。そのご恩は忘れません」

たしかに父は女中たち使用人を足蹴にするようなところがあった。そのたびに間に入ってきたが、恩と言われるほどのことではないのに。

「てる……。でも」

「八重さま。お母さまになられるんですよ。しっかりしてください。奥さまは今、買い物に出ていらっしゃいます、行くなら今です」

「うん」

それから私はすぐに着替えを済ませ、てると一緒に外に出た。門番はいたが、彼女が話をして注意をそらしている間に、女中のふりをしてすり抜け、車夫のもとへと走った。

すぐにてるも合流し、日比谷の外れにある産院で体を診てもらったところ、確実に妊娠していると告げられて喜びを分かち合う。

「八重さま、本当によかった。ですが、これからが心配です。どうにもならなくなったらどうか黒木さんを頼ってください。あんなふうに乗り込んでこられて……仕事も家も捨てるお覚悟があるはずです」

「ありがとう。そうするわ」

「私は彼の仇なの」とはどうしても言えず、笑顔でうなずいた。

「ここまでしかお手伝いできずすみません」

声をかけてくれる彼女の想い人は、二年ほど前から真田家に仕えてくれている、とても優しい男性だった。

「とんでもない。本当にありがとう。てるをよろしくね」

うしろ髪を引かれる思いでふたりと別れた私は、あてもなくさまよい歩いた。

電車で遠くまで逃げようとも思ったが、遠方までの切符を買うお金もままならない。しかもてるに、「あまり田舎に行くと仕事がないかもしれません。それに、よそ者が来たとすぐに知られる可能性もあります」と耳打ちされたので、さほど遠くには行かないつもりだ。

しかし東京にいるとすぐに捕まると思った私は、横須賀《よこすか》を目指すことにした。縁もゆかりもないが、黒木造船が横須賀に拠点を持っていると耳にしたことがあるので、なんとなく魅かれたのだ。造船業に関わっていない信吾さんは、おそらく訪れることはない。けれども、少しでも近くに感じることができれば。

駅に降り立つと、潮の香が鼻をくすぐる。東京からほんの少し離れただけなのに、心細さからか異国に来た気すらした。

「頑張らなくては」

お腹にそっと手を当てつぶやく。私が不安ではこの子はもっと不安だ。

とにかく仕事を探さなくてはと街をフラフラと歩いていると、【横須賀鎮守府《ちんじゅふ》職員募集】という張り紙を見つけた。

「鎮守府って海軍の……」

ということはやはり男性の募集だろうか。

そんなことを考えていると、目の前を三十歳くらいに見える軍服姿の男性が歩いていく。

「すみません」

私はとっさに声をかけた。

「はい。なにか？」

「この、職員募集というのは、やはり男性ですよね……」

短髪で凛々しい眉を持つその人は、信吾さんより幾分か背が低い。

「職をお探しで？」

「はい。すぐにでも働きたいんです」

「ふーん」

彼は私の頭から足の先まで視線を這わせて、意味ありげに笑った。

「それならついておいで」

「はい！」

声をかけてよかった。いきなり仕事が見つかりそうだとは、幸先がいい。

彼はずんずん進み、私は少し小走りになる。やがて、とある一軒家にたどり着き
「どうぞ」と促された。

「ここですか？」

「そうですよ」

てっきり海軍の施設に連れていかれると思ったのに。

それでも仕事にありつけなければ困る私は、素直に従った。すると……。

「キャッ」

玄関の引き戸が閉まった瞬間、強く腕をつかまれて焦る。そのまま引きずられるようにして一番近くの部屋に連れ込まれ、押し倒されてしまった。

「なにをなさるの？」

「なにって、うまい誘い方をしたと思っているのだろうけど、お前たちの魂胆は見え見えなんだよ。金がいるんだろ？」

なにか勘違いしてる？

「魂胆なんてありません！　離して！」

着物の襟元に手をかけられ必死に抵抗するも、力が強くてあっという間に肩があらわになってしまった。

「やめて！」

「今さら無理だよ。おとなしくしていれば、すぐに済ませてやる」

「嫌っ。あなたに犯されるくらいなら、舌を噛んで死にます」

信吾さん以外の男に触れられるくらいなら。

必死の形相で訴えると、男の動きが止まった。

「ははは。随分威勢のいい女だ。その心意気、気に入った」

男が私の手首をつかんでいた手の力を緩めて離れていったので、慌てて着物の襟元を正して座る。

「お前、娼妓ではないのか？」

「違います」

乱れた呼吸を整えながら返事をした。

「それは悪かった。最近、軍人相手にそういうことをする女がいてね。昨日、あの辺りで部下が引っかかって、大金を巻き上げられたんだ。てっきりあんたかと」

「そんなことはいたしません」

男は私をじっと見てから、再び口を開く。

「本当に仕事を探しているのか？」

「そうだと言っています」

怒りのあまり強い口調になってしまった。

「そんなに怒るな。紹介してやるから」

「本当ですか？」

佐木《さぎ》と名乗った男は、驚くことに軍医だった。

「あの求人は、男の技術者の募集だ。それとは別に、三月に開設する海軍工廠職工《かいぐんこうしょうしょっこう》共済会医院《きょうさいかい》で働ける者も求めている。看護婦の補助をするんだが、やるか？」

「やります。お願いします！」と弾んだ声で答えたはいいが、伝えておかなければ。

「実は……子を身ごもっています。ですから産むまでの間、お願いできるとありがたいのですが」

「子を？」

あんぐり口を開ける佐木さんは、「それはなおさら悪いことをした」ともう一度謝罪の言葉を繰り返す。どうやら悪い人ではなさそうだ。

「ひとりで産むということはわけあり、か。お前、いいところの出だろう？」

「えっ……」

鋭い指摘に目が泳ぐ。

「先ほどから所作が美しい。昨日今日しつけられたものじゃない。反対されたのか？」

「……はい」

観念して正直に答えると、彼は小さなため息をつく。

「男は？」

「彼は私の妊娠を知りません」

「馬鹿な。妻でもいるのか？」

「いません」

信吾さんはそんな人じゃない。恒さんとは違う。

そう思ったら、声が大きくなっていた。

「言えない理由があるということか……」

「……はい」

父がしたことは告白できない。軍なら警察にも近いだろう。知られてはまずい。

「心底惚れているようだな。わかった。もう聞かないでおく」

それから家もないことを話すと、近所に空いていた古い民家を借りられることになり、とんとん拍子でことが運んだ。犯されそうになったときは怖かったが、いきなりいい人と巡り合えたようだ。

「気が向いたら、俺の女になってもいいが」

「なりません！」

「あははは。冗談だ。だけど、世話してやってるんだから、そんなに強く否定するなよ」

「あっ、申し訳ありません」

どうやら佐木さんは、数年前に奥さまを病気で亡くしてひとり身なのだとか。

でも、この先絶対に信吾さん以外の人を好きになることはない。

「とりあえず、明日の朝迎えにくるから、今日は休んで。子がいるなら無理は禁物だ」

「はい。ありがとうございます」

佐木さんが帰っていくと、破れている障子を見つめる。雨漏りもするらしいが、家があるだけでありがたい。

それに、佐木さんに使っていない布団まで借りることができたので、てるが持たせてくれたお金をさほど使わずに済んだ。

「頑張るからね」

今度はお腹に向かって話しかける。

信吾さんの子を無事に産むことだけが私の目標だった。


佐木さんに紹介された海軍工廠職工共済会医院での私の仕事は、主に清掃業務だった。近くに新病院の建設が進んでいるが、患者は海軍工廠の職員や家族だけ。清掃も大変ではない。

身重のせいか吐き気が襲ってくることもあったものの、身近に医師や看護婦がいるという安心感があり、私にはちょうどいい働き口だった。

「真田さん、シーツをかけ直しておいてくれない？」

「わかりました」

看護師に指示されて洗いたてのシーツを手に処置室に向かうと、佐木さんとすれ違う。

「真田さん、体調はどう？」

「はい。大丈夫です」

彼は見かけるたびに気遣ってくれる。

驚くような出会い方だったが、本当に助かっている。しかも上の人と掛け合ってくれて、なんと出産後も働けるようにしてくれた。

そして、私はとうとう男の子を産み落とした。

まさに産まれた瞬間は、信吾さんとの間に宿った新しい命を無事に誕生させられたという感激で、涙がこぼれた。

佐木さんは事情を詳しく尋ねてくることはなく、「俺が一緒に育ててやるから心配するな」と力強い言葉で私を励ました。

彼は奥さまとの間に子を望んだが、奥さまが病弱で叶わなかったようだ。それもあり、我が子の誕生のように喜んでくれた。

気温が下がってきた頃の出産で風邪をひき、おまけに難産だったことも影響したのか、出産後しばらくは寝たきりとなってしまった。どうなることかとやきもきしたものの、看護婦の手助けもありなんとかなった。

赤ちゃんは元気いっぱいに泣いている。

私はまっすぐに正しい道を歩いてほしいという気持ちをこめて、〝直正《なおまさ》〟と名付けた。

出産後しばらくはまともに働けなかったが、直正を連れて医師や看護婦の白衣の洗濯をするなどできることを手伝い、細々とお給料はいただけた。それもすべて佐木さんのおかげだ。

直正が六カ月にもなると、おんぶしたまま掃除業務にも復帰した。

幸い、看護婦たちは皆親切で、手が空いたときは直正の面倒まで見てくれてありがたい限り。ひとりで産むと決意したときは不安いっぱいだったが、よき人たちに囲まれてなんとかやっていけそうだと安堵していた。

直正はすくすく成長し、あっという間にもうすぐ二歳半。

最近ではたくさんの言葉が出てくるようになり、ちょこまか動くので目が離せない。

こんなことなら、背負って仕事ができていた頃のほうがよかったと思うほどだ。

とはいえ、我が子の成長を見ていると頬が緩む。しかも……目元が信吾さんそっくりで、直正を見ているとどうしても彼を思い出すのだ。

「元気かしら……」

病院から直正の手を引いて帰る途中、赤く燃えるような西の空を見上げて思わずつぶやいた。

もう、他の女性と結ばれているかもしれない。

でも、これでいい。私たちは被害者家族と加害者家族という、憎しみという感情はあれど、決して結ばれることはない関係なのだから。

こうして愛した彼の子がここにいるだけでありがたい。くよくよしていても仕方ない。

「直正、今日の晩ご飯なににしようか」

「お母さま、いっぱい」

献立を問いかけたのに、彼は海の上を飛ぶかもめに目を奪われていてそれどころではなさそうだ。

かもめを指さし興奮気味の直正を抱き上げ、私たちなりの幸せを噛みしめる。

「十分よね……」

真田家にいた頃とは比べ物にならない貧しい生活だけれど、信吾さんとの大切な子がいるのだから。あのまま清水家に嫁いでいたら、こんな幸せはなかったはずだ。

本当は……信吾さんと一緒に生きていきたかった。と頭に浮かんだ自分を戒める。

そんな弱気でどうするの？　この子を一人前にしないといけないのよ。

「あの鳥はかもめっていうの」

私は直正に話しかけながら、必死に口角を上げた。


そんな平穏な生活の終焉《しゅうえん》は突然訪れた。

「真田さん、ちょっと」

朝、病院の手前で佐木さんに捕まり、物陰に連れていかれたので首を傾げる。

「どうかされましたか？」

「真田進太郎《しんたろう》というのは、君の父か？」

突然父の名を口にされ、鳥肌が立つ。身の上話をしたことがないのに、どうしてわかったのだろう。

「……はい」

しかし、信頼している佐木さんには「違います」と嘘はつけなかった。

「真田さんに会いたいと病院に警察が来ていてね」

「警察？」

もしかして、父が私を捜している？

真田の家に帰ったら、直正はどうなるの？と焦ったのもつかの間。佐木さんは苦い顔をして続ける。

「お父さんに、事故を起こしてけが人を救助しないまま逃げたという疑いがかかっているそうだ。しかも相手があの黒木造船の娘さんだとか」

父の事件のほう？

ついに真実があきらかになってしまったんだ。もしかしたら信吾さんが父にたどり着いたのかもしれない。

「それで、家族から使用人に至るまで事情を聞かれているらしく……。行方不明になっている君のことを捜しあてたようだ」

「私……」

信吾さんに加害者の家族だと知られてしまった。私が勘づいていて逃げたことも、気づいただろう。

「もちろん、罪を犯したのはお父さんで、真田さんじゃない。詳しい事情を知っているの？」

「いいえ。もしかしたら父の乗った馬車が黒木さんの娘さんをはねたかもしれないということは、女中から聞きました。でもそれを知った直後に家を出てしまって……。父がどうなったかご存じですか？」

その黒木家の長男と恋に落ちて直正が産まれたとはどうしても言えず、父の現況を尋ねるも、佐木さんは首を横に振っている。

「お父さんのことはよくわからない。おそらく自分で馬車を走らせていたわけではないだろうから、そのあたりをどう解釈してもらえるのか……」

佐木さんは眉根を寄せる。

けれど、信吾さんの妹を救助しなかったのも、隠ぺい工作を指示したのも父だろう。罪がないとはとても言えない。

きっと真田家は大変なことになっているはずだ。

「お父さんに今後どんな処分が下るかわからない。でも、海軍は黒木造船にかなり世話になっている。真田さんはもうここにはいないほうがいい」

佐木さんは直正をチラッと見てから私に視線を戻す。

彼の言う通りだ。私自身に関わりがないことが証明できたとしても、今まで通りというわけにはいかないだろう。冷たい視線を浴び続けることとなる。

私はいい。でも直正には酷だ。

それに、信吾さんに居場所を知られてしまう。ううん、もしかしたら病院に来ているのは彼？

「これ。俺の友人の一ノ瀬《いちのせ》という人間が副社長をやっている紡績会社の住所。雇ってもらえるように話はつけておくから、ここを頼っていくといい」

「そんなことまで……。ありがとうございます」

これほど親切にしてもらえるとは。

「直正を一緒に育てると言ったのに、こんなことしかできなくてすまない。真田さんは働き者だし、看護婦たちも寂しがるに違いない。いろいろあるかもしれないが、君ならきっとやっていける」

彼の優しい言葉に涙腺が緩む。しかし、直正の前では泣くまいと唇を噛みしめてこらえた。

「本当にありがとうございます。いつか落ち着いたら改めてお礼に参ります」

「そんなことは気にしなくていい。でも、直正の成長した姿は見たいな。あと、真田さんが幸せになった姿もね」

彼は私の肩に手を置き、優しく微笑む。そしてそのあと腰を折り、直正に視線を合わせた。

「直正。お母さまを大切にするんだぞ。もう少し大きくなったら、お前が守るんだ」

まだよく理解できないだろう直正に、真剣な表情で諭す。

「佐木さん……」

「気づかれないうちに行きなさい。適当にごまかしておくから」

「はい」

私はうしろ髪を引かれる思いで、佐木さんのもとを去った。そして一旦家に戻って身の回りのものだけを持ち、東京に向かう電車に飛び乗った。佐木さんが紹介してくれた『津田《つだ》紡績』が東京にあるからだ。

まさか、また東京に舞い戻る日がくるとは思わなかったが、直正を連れての求職は大変なので、とりあえず頼ろうと考えていた。

私は早速、本所錦糸町《ほんじょきんし》にある津田紡績の本社を尋ねた。

警視庁からさほど遠くなく、ついそちらの方角に目が行ってしまう。けれども、信吾さんと二度と会うことは許されない。父はそれだけの罪を犯したのだ。そしてそれを告発できなかった私も同様。信吾さんに会う資格なんてない。

津田紡績の立派な洋風建築は、そのまま財の大きさを表しているよう。

「お母さま、ここどこ？」

直正が不安げに私を見上げている。

「母はね、これから違うところでお仕事をすることになったの。いい子にできる？」

彼はわかっているのかわからないのか、曖昧にうなずいている。

緊張しながら正面玄関を入ると、吹き抜けの広い空間に気圧されて足を止めた。

「どうかされましたか？」

すぐにひとりの男性が近寄ってきて尋ねる。

「真田と申します。一ノ瀬副社長にお会いしたいのですが……」

「一ノ瀬ですか。お待ちください」

その男性が去ったあとソワソワしながら直正と待っていると、スーツを着こなした背の高い男性が出てきて優しい笑顔を向けてくれた。

「真田さんですね。佐木から連絡が入っています。女工として働いてくださるとか」

「は、はい。是非お願いしたいのですが……」

彼はチラリと直正を視界に入れたあと、口を開く。

「ありがたいことに業績がうなぎのぼりで、女工が足りないんです。手伝っていただけると助かります。お子さんは何歳ですか?」

「二歳半になります。直正と申します」

「かわいい盛りですね。直正くん、よろしくね」

どうやら一ノ瀬さんは子供好きらしく、人懐こい笑みを直正に向ける。しかし恥ずかしがる直正は私の背中に隠れてしまった。

「おひとりで育てていらっしゃるとか。工場には女工のお子さんを預かって面倒を見る者がいますので、ご安心ください」

成長につれ聞き分けはよくなってきたとはいえ、まだまだ幼い。私が仕事ばかりで不貞腐れて泣くこともよくあったが、病院では他の看護婦たちも相手になってくれたのでなんとかやってこられた。だから直正をどうすればいいのか心配していたけれど、最高の環境だ。

「それはありがたいです」

「今日は工場に案内します。こちらへ」

それから、真田の家を出た日以来の人力車に乗った。無論、私の膝の上の直正は初体験で、楽しいのか手をパチパチとずっと叩き続けている。

荒川《あらかわ》に近い亀戸《かめいど》にある津田紡績の工場は想像以上の大きさだった。

信吾さんと逃げ、そして結ばれた木場《きば》の宿屋から遠くなく、またここに帰ってきたのだと胸がいっぱいになる。

「最初は簡単な仕事からお教えしますので心配はいりません。社長が女工こそ我が社の財産という考えの持ち主でして、賃金も他より弾みますし、昼食もこちらで用意します。直正くんの分は少々お代をいただきますが……」

なんてよい条件なのだろう。

広い工場内には三百人近くの女性が働いているが、もっと過酷な労働を覚悟してきたのに、皆生き生きとしている。

「本当に助かります」

「いえ。佐木の推薦ですし、大切にさせていただきますよ。少し事情はお聞きしましたので、なにかあれば頼ってください」

ということは父のことも耳に入っているのだ。それなのに受け入れてくれたとは。

温かな言葉に、目頭が熱くなる。佐木さんも一ノ瀬さんも本当にいい人だ。

勤務は明日からということで、一ノ瀬さんが手配してくれた長屋の借家にも案内された。これも佐木さんが頼んでくれたらしい。

「急だったからここしか確保できなくて……。もう少しいいところをと思ったのですが」

たしかに古い建物ではあったがこれで十分。いくら給金を弾むと言われても、この子にお金がかかるから、家賃が高くても困る。

「助かります。本当になんとお礼を言ったらいいか……」

「いえいえ。佐木はきっと真田さんを自分で守りたかったと思います。奥さんを亡くして塞いでいたのに、真田さんと直正くんと一緒にいると楽しくてたまらなかったと言っていましたから」

「そんなことを？」

迷惑ばかりかけていると恐縮していたけれど、そう思ってもらえていたのならありがたい。私も直正をかわいがってくれる佐木さんのおかげで、楽しい時間を過ごすことができた。

「佐木は、自分は医者なのに奥さまの病気を治せなかったと自暴自棄になっていた頃もありました。でも、真田さんがひとりの男性を信じ続けている姿を見て、奥さまとの思い出を大切にして生きていこうと思ったとか」

「えっ……」

そんな話を聞いたのも初めてだ。

「おっと、口が過ぎました。余計なことを話すと佐木に叱られる。それでは明日からお願いしますね」

一ノ瀬さんは直正の頭を優しく撫でてから帰っていった。

佐木さんの心に変化があったなんてまるで知らなかった。しかし……思い起こすと、出会った頃より笑顔が増えた気もする。特に直正と遊んでいるときの破顔するさまは、まぶしいほどだった。

「直正。今日からここに住むんだよ」

私は直正を抱きしめ、佐木さんへの感謝を心の中で唱えた。

憎悪と愛のはざまで

それから三カ月。津田紡績での仕事はすこぶる順調。

集中力が必要で手も荒れてしまうので、大変でないとは言えない。しかし、生活費を稼がなくてはならない私は、こうして仕事を与えてもらえることがなによりもありがたかった。

一ノ瀬さんは時折工場に足を運び、私のことも気にかけてくれる。

佐木さんはあの日、病院を訪れた警察官と話をしたらしく、私はたしかに真田進太郎の娘だが事故のことは一切知らず、実家も出ているので関係がないと話してくれたとか。

どうやら父も私は無関係だと証言していて、両者の話が一致したため捜査の対象から外れたようで、あれからはなにもない。ただ、事故を起こした使用人と隠ぺい工作をした父は、収監されていると聞いた。

父はもちろんのこと、母や兄、そして他の使用人たちのことも気になってはいたが、自分と直正が生きていくので精いっぱい。しかも、私が戻ったところでなすすべがないことは目に見えていて、実家には行っていない。

おそらく爵位返上という事態になるだろうが、母はもともと良家の出なので、実家に戻ればなんとかなるのではないかと思う。兄も職を持ち自立しているし。

それよりも黒木家だ。黒木家の人たちの怒りや悲しみを思うと、胸が張り裂けそうになる。私だってもし大けがを負わせた直正を放置したら、許さない。

その日、仕事が終わり直正を連れて家路を急ぐと、工場から三分ほど歩いたところで、突然目の前に人が立ち塞がり足を止める。

会話を交わしていた直正からその人に視線を移した瞬間、肌が粟立った。

「真田八重」

低い声で私の名を呼んだのは、制服姿の信吾さんだったのだ。そのうしろにはふたりの警察官が控えている。

私はとっさにその場で膝をつき地面に額を擦り付ける。

「父が……申し訳ございませんでした。謝罪しても許されないことは承知しております。……でも、謝らせてください」

本当なら、私のほうから出向いて謝罪すべきだった。けれども、直正を抱えてそれもできなかった。

声を振り絞ると、信吾さんが近づいてきてサーベルを抜いたのがわかった。

殺されるかもしれない。

もし妹さんの無念と彼の心の傷が癒えるのならそれでもいいと、一瞬頭をかすめた。

しかし、私には直正がいる。

「顔を上げろ」

怒りを纏った声で促され、ゆっくりと顔を上げていく。すると、顎の先にサーベルを突きつけられて緊張が走った。当然の報いとはいえ、怖くて信吾さんと視線を合わせられない。

「どうかお命だけは……。この子を置いては死ねません」

背中に抱きついてきた直正がかすかに震えている。

私は必死に懇願した。

「ここは私が対処する。お前たちは市内の見回りを続けろ」

「かしこまりました」

信吾さんがうしろの警察官に指示を出すと、ふたりの足音が遠ざかっていった。すると彼は私に突きつけていたサーベルを腰に戻し、「立て」と指示を出す。私は言われた通り立ち上がり、怖がる直正を背中に隠した。

「父がしたことは許されません。本当に、申し訳ありませんでした」

もう一度謝罪をして腰を折る。

「顔を上げろ。八重は知らなかったと聞いたが」

懐かしい声で『八重』と呼ばれて、心が揺れる。けれど、彼にとって私は仇なのだ。

「……はい。家を出る直前に耳にするまでは知りませんでした。ですが父がしたことは――」

「許すつもりはない」

胸をえぐるような尖《とが》った声できっぱりと言い切った彼は、口を真一文字に結ぶ。

「当然です。どのような報いも受ける覚悟はあります。ただ、この子を育てなければなりません。どうかお命だけは……」

「その子は、まさか……」

その質問に、目が不自然にキョロッと動いてしまった。

「あなたの子です」と言えたらどんなにいいか。けれど、それは許されない。

黙っていると彼は続ける。

「何歳になる」

「二歳半です」

「二歳半……。横須賀でひとり身だったという話を聞いたが、父親は？」

やはり、病院に来ていたのは彼だったようだ。

「父親は……おりません」

苦しくて胸が張り裂けそうになりながら、淡々と答える。できるだけ感情をあらわにしないようにと気をつけて。

「そう、か」

もっと追及されると思ったのに、納得したような返事をされた。

「名前は？」

「直正、です……」

「直正か」

直正は自分の名前を呼ばれると、一層私に引っついてきて離れない。知らない人と意思の疎通が自由自在にできるほど口は達者ではないが、話はすべてわかっているので恐怖に包まれているのだろう。

「直正、なにもせぬ。怖がらなくていい」

信吾さんがそう諭すと、ようやく私の背中から離れた。

「ゆっくり話がしたい。今、どこに住んでいる？」

話なんてできない。彼とこうして顔を合わせていると、愛おしいという想いと贖罪の気持ちとが入り混じった複雑な感情で胸が苦しい。

「事故のことでしょうか？」

しかしそれならば応じなければ。

「いや。お前は詳細を知らないのではないのか？」

彼の妹さんを見捨てたのが父だという事実以外はなにも知らない。そのとき誰が馬車を操っていたのかも、隠ぺい工作に走った使用人が誰なのかも。

小さくうなずくと、彼は私をまっすぐに見つめたまま口を開く。

「お前がどうして縁談を破談にして逃げたのか。姿を消してからどうしていたのかを知りたい。いや、逃げた理由はおそらくわかったが」

直正が自分の子だと言いたげだ。

「黒木さんが知る必要なんてありません。償えるのなら、私にできることはなんでもいたします。でもそれ以外は勘弁してください。失礼します」

直正の手を引き彼の前から立ち去ろうとしたのに、腕を強く握られて止められた。

本当はこうして触れられるだけで泣きそうになるくらいうれしいのに。私と信吾さんの間には、決して打ち破ることのできない壁がある。

「なんでもするのか？」

「……はい」

「それなら、お前の家に連れていけ。今、どんな生活をしているのだ？」

彼は工場の仕事で荒れてしまった私の手をつかみ、無意識なのか優しく撫でる。すると途端に心臓が大きな音をたてて暴れだした。

どうしてこんなことをするの？

「でも……」

「なんでもすると言ったじゃないか。拒否は許さん」

強くたしなめられ、渋々うなずいた。


住まいの長屋に案内すると、信吾さんは少し驚いたような表情を浮かべる。

「まさか、子爵令嬢がこのようなところで……」

「私はもう華族ではございません。狭いところで申し訳ございませんが、お茶を……」

借りている家は四畳半の部屋がふたつと台所があるだけ。まったく使われていない部屋がいくつもあった真田家とは違う。でも、直正とふたりならこれで不自由しない。

いろいろあって疲れたのか、直正はすぐに眠ってしまった。私は彼を奥の部屋に寝かせたあと、信吾さんにお茶を出した。

「隙間風もひどい」

たしかに、隙間風は気になる。暑い時季はいいが、冬は凍えるだろう。けれど、仕方がない。

「ですが、眠れる場所があるのは幸せなことです」

小さなちゃぶ台を挟んで彼の向かいに正座し、緊張しながら話す。

「そう、か」

彼はお茶を口に運びながら、眉をしかめた。

「直正は、俺の子か？」

単刀直入すぎる質問に目を瞠る。

しかし、「はい」と言うわけにはいかない。父は取り返しのつかない過ちを犯したのだから。

「違い、ます」

「それなら、清水の子か？」

「そんなわけがありません！」

とんでもないことを言いだされて声が大きくなり、口を押さえた。婚約はしていたが、指一本触れられてはいない。

佐木さんに娼妓と勘違いされたときも、止まってくれなければ舌を噛み切る覚悟だった。信吾さん以外の人に体を許すなんて絶対に嫌。

あまりに強く否定したせいか、信吾さんは目を丸くしている。

彼は父親を知りたがっているけれど、どうしても言えない。告白しても結ばれる未来がないのに、悲しいだけだ。

「八重」

名を呼び、強い視線で私を縛る彼は、それからしばらく黙っていた。息苦しい沈黙が続いたが、目をそらしたいのにそらせない。

「なんでもすると言ったな」

「は、はい」

どんな罰が下されるのかと身構える。妹さんの自由を奪った父の罪は重い。

「それなら、今後俺の言うことに従え。反論は一切認めない」

「わかりました」

「引っ越しをする。荷物をまとめておけ」

覚悟して耳を傾けていると、意外な命令に拍子抜けした。

「引っ越し……。どちらに？」

彼の言う通り決して居心地がいいとは言えない借家だが、家賃が高くては生活がままならない。それとも、罪人の家族である私たちに、こうして休める家があることが気にくわない？　この家では贅沢？

「引っ越し先は俺が手配する。明日の夕方迎えにくる」

「ですが……」

「口ごたえは許さんと言ったはずだ」

強い口調で念を押されて黙るしかなくなった。

「お前の父を許すつもりはない。今後、裁判にかけられるが、本当はこの手で殺めてやりたい」

彼は唇を噛みしめて憤慨をあらわにする。

当然だ。

「真田家は、爵位返上だ。清水家も立腹しているから、いたしかたないだろう」

そうか。清水家も、婚約者が失踪しただけでなく犯罪者の娘だったと判明したのだから、世間から恰好の中傷の的となったはずだ。激高しているに違いない。

「わかっております。私で受けられる罰は、なんでもお受けします」

私が罰を受けたところで、妹さんの悲しみが癒えるはずもない。けれど、他にどうしたらいいのかわからない。

「いいだろう。お前を二度と逃がさない。それだけは肝に銘じておけ」

「はい」

目の前に生涯をかけて愛し抜こうと思っていた人がいるのに、憎き仇となってしまったのがつらくてたまらない。

こんなことになるのなら、出会わないほうがよかった……。

そう思いもしたが、彼とのあのひと晩がなければ直正は産まれなかった。だから出会ったことを否定すべきではないと考え直した。

それから信吾さんは、すぐに帰っていった。

一緒にいた部下らしき人の前でサーベルを突きつけ、『ここは私が対処する』と言い放った彼だったが、特に事情聴取をされたわけでもない。ただ、怒りをぶつけられただけ。信吾さんは警察官として私に対峙したのではなく、歩けなくなった妹さんの家族としてここに来たのだろう。

いや、でも……。それより、直正のことを知りたがっていた？　『今、どんな生活をしているのだ?』と私に問い、粗末な家屋に驚愕していた彼は、もしかして私たちのことを案じてくれている?

「馬鹿ね……」

そんなわけがないのに、優しかった彼のことを思い出してありえない期待をしてしまった。

「直正。お前のことは必ず守るからね」

私は隣の部屋に行き、疲れ果てて眠っている直正の頭を撫で話しかける。

どれだけ信吾さんとの距離が離れても、この子には罪はない。父に対する怒りは私が引き受けて、この子の幸せだけはどうにか守らなければ。

風でカタカタと音をたてる窓から外を眺めながら、そう決意していた。

翌日。

津田紡績の仕事を終えて家に戻ると、制服ではなく、白いシャツとスラックス姿の信吾さんが待っていた。

「お待たせして申し訳ありません」

「いや。それほど待ってはいない」

彼を怖がる直正が私の足にギューッとしがみついてくるので、抱き上げた。

「荷物は？」

「まとめました」

玄関に私と直正の着物を少しと、生活用品をわずかに。

「たったこれだけか？」

「はい」

真田の家にいた頃は、箪笥《たんす》からあふれそうなほどの着物を持っていたが、過去の話だ。

うなずくと、目を丸くした信吾さんはその荷物を手にした。

「私が……」

「八重は直正を抱いていろ」

驚いたことに、彼は立派な馬車を準備してくれていた。おそらくもっと荷物があると思っていたからだろう。

馬車で隣に座った信吾さんは、まだ緊張が解けない私の腕の中の直正をチラッと視界に入れる。

「直正は食べられないものはあるのか？」

「えっ？　まだ食は細いですが、大体大人と同じものを食します」

「そうか。それならよかった」

なにがよかったのだろう。聞き返したかったが、彼とどんなふうに会話をしたらいいのかわからず、黙っておいた。

それから十五分ほど走ったところで馬車は止まった。促されて降りると、目の前に洋風のレストランがある。

「黒木さん、ここは……？」

「まともに食っていないのではないか？　ここのビーフシチューがうまい。直正も気に入るといいんだが」

私たちに食べさせるために？

「いえ、もったいないです」

「口ごたえは許さないと言ったはずだ。俺が食いたいから付き合え」

信吾さんは強引に私たちを中へと入れたが、私は唖然としていた。『口ごたえは許さない』と言うけれど、貧しい生活をおくる私たちを思ってのことに違いない。離れる前の優しさをそのまま感じて視界がにじむ。

「八重、なにをしている。座りなさい。お前はテーブルマナーを心得ているな。直正はこれから覚えるといい」

　これほど格式高いレストランには似つかわしくないみすぼらしい着物でよいのかと心配だったものの、信吾さんは気にする様子もない。

　私が窓際の席に直正と並んで座り、信吾さんは私の対面に腰を下ろした。そしてそのあと、ビーフシチューの注文を出している
　直正はこんなところは初めてだからか、気もそぞろに辺りを見回し始めた。

「口元が八重に似ているな」

「は、はい。よく言われます」

　目元は信吾さんにそっくりだ。けれども、当然そんなことは言えない。

「直正、好き嫌いせずなんでも食べなさい。大きくなって、母を守れる男になりなさい」

　まるで父親のような発言に胸が熱くなる。

　しかも、サーベルを向けられたときとは打って変わって柔らかな表情をしているので、直正も緊張が緩んできている。唐突に話しかけられたせいで返事ができない直正に一瞬笑みを漏らした信吾さんの姿が、昔の彼そのものでうれしかった。

　直正は初めてのビーフシチューに夢中になった。口の周りにスープをべっとりとつ

けて、牛肉をまさに貪り食べている。私ひとりの稼ぎでは野菜ばかりで、こんな高級品には到底手が届かなかったのだから当然だ。

「いい食いっぷりだ」

「申し訳ありません。直正。フォークの音をたてではいけません。こぼさないで」

マナーなんて関係なく、本能のままにという感じで食べ進むので焦る。

「二歳では仕方がない。これから覚えればいい」

これからって……。もうこんな機会はないだろうに。

信吾さんは真っ先に食べ終わり、甲斐甲斐しく直正の世話を焼く。口の周りを拭いたり、ときにはスプーンでスープを飲ませたり。こんな光景を見られるとは思っていなかったので、感無量だった。

食事が終わると、再び馬車に乗り来た道を少し戻った。そして今まで住んでいた長屋とはまるで違う、大きな平屋の前で停まったので目を瞠る。

まさか、引っ越し先というのはここ？

「降りなさい。直正、今日からここがお前の家だ」

直正はそう言われてもきょとんとして反応が薄い。無理もない。私も腰が抜けそうなほど驚いているのだから。

「こんな立派なところ……」

「黒木家の持ち物だ。でも使っていないので、賃料はいい」

「そんなわけにはいきません」

「だが、お前の給金では足りないぞ？」

平然とした顔で言い放つ彼は、そそくさと足を速めて玄関に入ってしまった。

「お母さま」

ずっと黙っていた直正が目を輝かせて私の手を引く。どうやら気に入ったらしい。

玄関を上がった東側の南向きの部屋に足を踏み入れると、十二畳もある居間だった。大きな窓の外には立派な庭まで広がっている。

直正は縁側に行き、キョロキョロと庭を眺め始めた。

「黒木さん、こんな立派な家をお借りするわけにはまいりません」

「これは命令だ。今日から八重は俺の下女だ」

彼は冷たく言い放ったけれど、『命令』と口にしたのは、私が断れない状況を作ったように思えてならない。私が知っている彼はそういう気遣いのできる人だ。

どうしてここまでしてくれるの？　私はあなたの仇なのよ？

聞きたくてたまらないが、直正の前で多くは話せない。

「明日は朝が早い。黒木の実家よりここからのほうが警視庁に近いから、今日は泊まらせてもらう」

泊まる？

驚愕の発言に目を泳がせると、「風呂の準備をしてくれ」と指示され、一旦部屋から出た。台所はあまり使われた形跡もなく、長屋とは比べ物にならないほど広い。

適当に奥に入っていくと、鉄砲風呂を見つけた。

長屋には風呂はなく直正を連れて銭湯を利用していたが、眠いとぐずるので大変だった。これはありがたい。

早速薪をくべて風呂の用意をして戻ると、なんと縁側に座った信吾さんの膝の上で直正が眠っていたので驚いた。

「すみません」

「風呂を待てなかったようだ。奥の部屋に布団を敷いてくれ」

「はい」

慌てて押し入れから布団を取り出したが、これまた真田家にあったものと同じような立派な褥で、使ってよいのかとためらうほどだ。しかし、直正を抱いてきた信吾さんはなにも気にせず寝かせてくれた。

「風呂に入ってくる」

「はい」

どうやら彼は以前からこの家を利用していたらしく、着物などは用意されている。

そういえば、警察官の仕事は夜勤もあり不規則で、夜中に実家に出入りすると使用人が気を使うから別のところに泊っていると聞いたことがある。きっと、それがここだ。

そんな大切な場所に住まわせてもらってもいいの？

「八重」

しばらく直正の寝顔を見ていると、信吾さんに呼ばれた。

「はい」

「お前も入れ」

「ありがとうございます」

髪から水滴を滴らせ、襟元がはだけ気味の浴衣姿に心臓が跳ねてしまい、声が小さくなる。

これほど無防備な姿を見たのは、結ばれたあのときだけだ。

うつむき加減のまま彼の前から去り、私も風呂に浸かった。

風呂から出ると、物音が聞こえたのか信吾さんに呼ばれて、今度は玄関を挟んで西側の部屋へと向かった。

「お風呂、ありがとうございました」

やはり十二畳ある部屋の入口で正座をして頭を下げる。すると「中に入りなさい」と促され、緊張しながら足を踏み入れた。

彼はここを自分の部屋として利用しているようだ。小さな机には何冊もの書籍が置かれていて、彼はその前に座っていた。

再び正座をして頭を下げる。

「こんなに親切にしていただいて……」

サーベルを向けられたとき、彼の激しい憎しみを感じて死をも覚悟しなければと思った。しかし同時に、直正を残して死ねないとも。それなのに、ひどい扱いをされるどころか温かい気遣いを感じる。

「なにか勘違いしているようだな。許さないと言ったはずだ」

ゆっくり顔を上げると、どこか悲しげな彼の瞳に胸が苦しくなる。

「わかっております」

私が返事をすると彼は突然立ち上がり歩み寄ってくる。そして私を畳に押し倒した。

「キャッ」

「八重。直正は誰の子だ」

私の顔の横に両手をつき見下ろしてくる信吾さんは、強い眼差しを注ぐ。なにも言えないでいると、彼は顔をしかめて口を開いた。

「俺の子、か?」

「違います」

「あなたの子です」と告白したら、彼が板挟みになる。自分の妹を傷つけた者の家族との間に授かった子を愛せなんて、酷としか言いようがない。彼を苦しめるくらいなら、事実は伏せたまま生きていったほうがいい。

「それなら誰の子なんだ。誰にこの体をさらした」

「や、やめて……」

信吾さんは私の浴衣の襟元に手をかけて、グイッと開いた。慌てふためき腕で隠したが、その腕もあっという間に捕まり、畳に押しつけられる。

警察官としてたゆまぬ努力をしてきたであろう彼の体は鍛えられていて、私の力では敵うはずもなく、ただ見上げることしかできなくなった。

「誰に……抱かれたんだ」

怒りが爆発しそうなのかと思いきや、切なげに声を震わせる信吾さんに驚く。

「今日からお前は俺のものだ。一生俺が支配してやる」

眉根を寄せ振り絞るように言った彼は、私の首筋に唇を押しつけた。そして、襟元が大きくはだけて露出した鎖骨へと舌を滑らせていく。

「黒木さん、やめてください」

「お前は俺の所有物なんだ。反論は許さない」

冷酷な言葉を口にしているのに、声色には悲しみがまとわりついていて胸が痛い。あんなに優しかった信吾さんが凍るような発言をするのは、きっと父の非道な行為のせいだ。

私だって父のしたことは許せない。それでも、血のつながった親子であることは消しようがない事実であり、事故を知ったのに告発もせず消えた私が責められても仕方がない。

彼の悲しみも憤りもすべて受け入れよう。

そう思った私は抵抗するのをやめ、力を抜いた。すると信吾さんは襟元を一層開き、あらわになった胸の先端を口に含む。

「ん……」

再び彼に抱かれる日がくるなんて。

今でも愛しているのに、目の前にいる信吾さんの心の中には私への嫌悪しかないと思うと胸が張り裂けそうだ。しかし、大切な妹さんが傷ついた彼の悲しみはそれ以上だろう。

彼は舌で私を翻弄しながら、浴衣の裾を割って手を滑り込ませてくる。そして太ももをゆるゆると撫でた。もっと乱暴に扱われることを覚悟していたのに、初めてのときのように優しくいたわってくれるような進み方だ。

「あぁっ……」

「八重」

胸の尖りを軽く食まれて思わず声を漏らすと、苦しげな表情をした彼は私の名を呼び、唇を重ねる。何度も角度を変えてつながったあと、舌が入ってきた。

愛されていると錯覚しそうな甘くて濃厚な口づけが、私の理性を奪っていく。

信吾さんが唇をつなげながら太ももに滑らせていた手を敏感な部分に移した瞬間、体がビクッと震え、彼のたくましい体を自分から引き寄せた。

こんな……はしたない。

けれど、会いたくて会いたくて、夢にまで見た信吾さんが目前にいて、たとえ怒りだとしても私を抱いているという事実に、縋りつきたくてたまらない。

散々指で弄ばれ、なりふり構わず髪を振り乱して悶える。これは罰なのに、体の奥のほうが熱くて、もっと、と彼を求めてしまう。

やがて信吾さんは乱れた自分の浴衣を脱ぎ捨てて、鍛え上げられた体を惜しげもなくさらしたかと思うと、私の中に一気に入ってきた。

「あっ……」

「八重、八重……」

彼の胸には憤りしかないと思っていたのに、私の名を呼ぶ声は優しい。

「黒木、さん……」

「だめだ。信吾と呼べ」

「信吾さ……あぁっ」

名前を声に出した途端、激しく腰を打ちつけられて大きな声が漏れる。すると彼は私の口を手で塞いだ。

「直正が起きてしまう。少し辛抱しろ」

そんな言葉とは裏腹に彼の行為は加速していき、私を抱き上げたかと思うと唇をつなげながら下から突き上げてくる。

「あっ」

「俺以外の男に体を許すな。お前は俺だけのものだ」

突然動きを止めた信吾さんは、私の頬に優しく触れまっすぐに見つめて囁く。たとえ憎しみの対象だったとしても、彼の独占欲が心地よくてたまらない。

彼は再び私を褥に寝かせたあと、一層激しく律動し顔をゆがめながら私の腹の上で欲を放った。

「はぁ、はぁ……」

肩で息をする彼は、私を抱きしめたまま動こうとしない。

「八重……」

そして耳元で私の名を囁く。

もうやめて。こんな……愛されているかのような抱き方をされたら、想いがあふれそうになる。

とことん憎んで乱暴に犯せばいいのに、どうして？

信吾さんはそれからしばらく私を腕の中に閉じ込めたまま動かなかった。私は、彼の激しくなった拍動に驚きつつ、感じてはいけないつかの間の幸福に浸っていた。

もう一度愛されたい。彼と一緒に生きていけたら……。そんな想いが強くなるのを必死に抑えながら。

しばらくして起き上がった彼は、散らばった浴衣を手繰り寄せて無言で私に渡す。私はそれを素早く身に纏い、背中を向けたままの信吾さんに頭を下げてから、直正の眠る部屋に向かった。

直正の隣の布団に潜り込んだものの、隅々まで愛された体が熱くて眠ることができない。初めてのときよりずっと激しかったが、どこまでも優しく、果てるその瞬間までいたわってもらえた気がしている。

「信吾さん……」

こっそり名前を呼んで、彼に抱きしめられた温もりを思い出す。

傷ついた妹さんに申し訳ないという気持ちはもちろんあるが、心がどうしても信吾さんを求めてしまう。

だって、こんなに近くにいたら……。

横須賀では、信吾さんとの間に授かった神さまからの贈り物である直正を決して不幸にしまいと必死に踏ん張ってきた。直正には私しかいないと。

信吾さんに会いたくて、もう一度「八重」と呼んでほしくてたまらず、毎日のように顔を思い浮かべてはいたけれど、もう会えない人だとあきらめていたのに。

すやすやと眠る直正の寝顔を見つめながら、銀座で出会ったときのことを思い起こした。

「だめだ」

どれだけ彼に恋い焦がれても、私は憎しみの対象なのだ。それを忘れてはいけない。暴走しそうになる自分の気持ちにくぎをさし、ゆっくりまぶたを下ろした。

翌朝目覚めると、もう信吾さんの姿はなかった。

しかし、居間の机の上に五十圓ものお金が置いてある。彼は警部ではあるが、おそらく月給より多い。もしかしたら、もっと昇進しているのかもしれないけれど……。

「こんな大金……」

そのお金の横に置き手紙があり、私はそれを手にした。

【明後日に来る。夕飯はここで食べる】

これで食材を買えということだろうか。

仇の娘の私にここまでしてくれるのが不思議でたまらなかったが、信吾さんとまた会えるという事実に密かに胸を躍らせていた。

津田紡績の仕事は少しずつ慣れてきた。

決して楽とは言い難く、信吾さんに撫でられた指先は真田家にいた頃の面影もないほど荒れている。けれども、他の紡績工場での女工の扱いはひどいものらしく、他社から流れてきた仲間は「ここはいい」と繰り返す。

なにより、直正を育てながらこうして働けることに感謝せずにはいられない。

　真田の家でこうした苦労も知らずに生きていた頃より、心は充実していた。

「皆、よく頑張ってくれているね。先月は輸出量が過去最高をはじき出したよ。それも真面目に働いてくれる君たちのおかげだ」

　私たちに声をかけたのは、なんと津田紡績の先頭に立つ津田《つだ》社長。おそらく信吾さんより七、八歳上だと思う。

　彼は津田紡績をここ数年で国内のどの紡績会社も太刀打ちできないほどの規模まで拡大し、若くして政財界に顔が利くほどの優秀な人物だ。背は信吾さんに負けず劣らず高く、ビシッと背広を着こなして颯爽と歩くさまに憧れる女工があとを絶たない。しかし、素敵な奥さまとの間にお子さんがふたりいるのだとか。

　そんな雲の上の人なのに、こうして時々工場に顔を出し、私たちの勤務状況を確認して、必ずいたわりの言葉を口にする。

　津田社長とともにやって来た一ノ瀬さんは社長の右腕と言われていて、一目を置かれている。こんな人を紹介してくれた佐木さんには感謝しかない。

「真田さん、ここの仕事は慣れたかい？」

「はい、おかげさまで」

一ノ瀬さんもここに来るたび、私のことを気にかけてくれる。

「あの、用意していただいた長屋から引っ越しをしました。その節はお世話になりました」

「引っ越したの？　家が見つかった？」

「はい。知り合いが家を貸してくださって……」

信吾さんのことを詳しくは話せず、曖昧に濁す。

「そう。ちょっと……」

すると彼は私を人のいない場所に連れ出した。

「先日、ここの近くで真田さんと警察官の姿を見た者がいてね。とても険悪な雰囲気だったと耳にしたんだけど……」

見られていたんだ。工場の近くは女工だらけなので当然か。

「ご迷惑をおかけしました」

「いや。なにも迷惑なんてかかってないから大丈夫。お父さまのこと？」

やはり佐木さんから聞いているようだ。

「はい」

「大変だったね。でも真田さんはなにも関係ないと聞いているし、困ったことがあったらいつでも言って。佐木がすごく気にしてる」

「佐木さんが？」

仕事を紹介してくれただけでなく、今でも気に留めてくれているとは。

「あぁ。佐木だけでなく、病院関係者が皆、こぞって心配しているみたいだよ。きっと真田さんがひたむきにコツコツ働いてきたから、他の人たちからの信頼が厚いんだ。ここでの評判もいい。口数は少ないけどすこぶる真面目に黙々と働いてくれると聞いている」

そんな評価をしてもらえているとは知らなかった。

子爵令嬢としてまともな苦労もしてこなかった私には、全力を傾けるということ以外になんの武器も持たなかったからそうしてきただけ。

「今回の件、一応社長の耳には入れさせてもらった」

「えっ……」

顔が青ざめる。警察を呼び寄せるような人間は迷惑だろうと思ったからだ。解雇と言われるのではないかと。

「心配しないで。社長はなかなか器の大きな人間でね。困っている人を放っておけないタチなんだ。なにかあれば自分が対処するからと言っているくらいだよ」

「本当ですか？　ありがとうございます」

目の奥が熱くなる。

直正を授かり、それからは苦労続きだった。しかし、出会った人たちがいい人ばかりで助けられている。

「これからもよろしく」

「こちらこそ」

もう一度頭を下げると、一ノ瀬さんは社長のところに戻っていった。


翌日の晩。西の空に太陽が沈んだ頃、信吾さんが帰ってきた。

「ただいま」

「おかえりなさいませ」

玄関で出迎えたが、これではまるで夫婦のようだと勝手に頬を赤らめる。

「直正は起きているようだな」

「はい。今日は昼寝をたっぷりしましたので元気です。うるさければ、別室に」

居間で呑気に歌を歌っている直正が迷惑ではないかと声をかけたのに、「なかなかうまい」と口元を緩めるので、目を瞠る。

ずっとひとりで過ごしてきたはずのこの家に私たちがいては邪魔ではないかという懸念もあったので、安堵した。

「直正、土産だ」

居間に入っていった信吾さんは、手に提げていた袋を差し出す。

まさか直正のためにこんなことをしてくれるとは驚愕だった。しかも、その袋に見覚えがあり、途端に拍動が勢いを増す。

「母と一緒に食しなさい」

信吾さんが手渡したのは、銀座千歳の和菓子だった。出会った日、暴漢に襲われて落としてしまったあの。

私の好きなものをまだ覚えていてくれたのだ。

些細《ささい》なことかもしれないが、胸いっぱいに喜びが広がる。

「おじさま、ありがとう！」

直正はニコニコ顔でお礼を口にしたが、信吾さんを「おじさま」と呼ぶ。この子にはなんの罪もないのに「お父さま」と呼ばせてやれないのはつらい。

最初こそ信吾さんのことを恐れていたが、ビーフシチューを食べさせてくれたり、先日私が風呂に入っている間は一緒に遊んでくれたりしたらしく、もう怖い人ではなくなっている。

「おじさまは失礼よ。黒木さんです」

直正をたしなめたが、信吾さんは「なんと呼んでも構わない」と、どこ吹く風。

「着替えてくる。夕飯はある？」

「はい。お口に合うかどうかわかりませんが……」

「八重が作ったものならなんでもいいさ」

彼はそれだけ言い残して部屋を出ていった。

許さないと明言したのに他の言動が優しくて、まだ愛されているのではないかと勘違いしそうになる。

「お母さま、食べてもいい？」

直正は袋を覗き込み尋ねてくる。

「もう夕飯だから、そのあとにしましょう。黒木さんも一緒に」

袋の中には三つ大福が入っている。どうせなら信吾さんと一緒に食べたいと思った。

緊張しつつも三人で囲んだ食卓は、直正の食べっぷりがすごいせいか、信吾さんの表情が柔らかい。

「直正は大きくなりそうだな」

「ご飯をかき込まないの。もっと行儀よく食べなさい」

まだ箸をうまく使えないのでポロポロこぼすし、信吾さんに預かったお金で用意した新鮮な鰯《いわし》を甘露煮にしたら、それが気に入ったようで夢中だ。今までは贅沢に魚や肉を食べさせてやれなかったので無理もない。

しかし真田の父の前なら間違いなく折檻される。華族として育った信吾さんも不愉快ではないかとハラハラした。

「八重の分は？」

「私はもったいないです。お預かりしたお金もどうしていいかわからないので残りはお返しします」

私の分まで買うのははばかられ、なすの煮びたしと豆腐だけを並べていた。

「まったく。だからそんなに細いんだ」

呆れ声を出す信吾さんは、自分の皿から一尾の鰯を箸でつまむと、私のご飯の上にのせる。

「いえっ……」

「食え。命令だ」

威圧的に言うけれど、彼の命令はいつも優しい。

「ありがとうございます。いただきます」

素直に箸を伸ばすと、彼は満足そうな顔をして再び直正に視線を移した。その様子が、父が子をいつくしんでいるようにしか見えず、動揺が走る。

こうして三人で暮らしていけたら――。真田の家にいたときのような贅沢なんていらない。ただ、三人で……。

そう考えるのと同時に、私は直正から父を、そして信吾さんからは子を奪ってしまったのだと、激しい罪悪感に襲われた。直正をひとりで産むと決めたのは私。直正を身ごもったとき、信吾さんにすべてを打ち明けていれば、今は違う道を歩いていたかもしれない。

……ううん。そんなことはできなかった。父を警察に売ることも、直正の存在を信吾さんに知らせることも。

信吾さんは優しい人だ。仇の娘に自分の子が宿ったと知ったら、複雑な感情に支配されて苦しみ抜いたに違いない。

これでいいのだ。私は信吾さんから疎まれ、恨まれたままだったとしても、少しでも直正に笑顔を向けてもらえれば。

食事が済んでお腹はいっぱいのはずなのに、直正は、大きな口を開けて大福を頬張っている。

「少しずつ食べるの。飲み込んではだめよ。喉につっかえたら死んでしまうわ」

大福を食べるのが初めての彼に矢継ぎ早に言葉を被せたが、食べるのに夢中で聞いていない。

「直正」

すると、信吾さんのピリッと引きしまった声がして、彼はようやく手を止めた。

「母は、お前のためを思って注意しているんだ。言うことが聞けないならもう買ってこないぞ」

強くたしなめた信吾さんだったが、直正を手招きして自分の膝にのせ、「一緒に食うぞ」と大福を握る直正の手を握る。そして、ひと口が大きくなりすぎないようにかじらせたあと、「十回噛むんだ」と教えている。

私よりずっと子供の扱いがうまいので吃驚《きっきょう》した。

「おいしいか？」

「うん！」

叱られたはずの直正も笑顔が戻り、それからはよく噛むようになった。そしてそれを見た信吾さんは満足そうだ。

お腹が満たされた直正は、風呂に入るとコテンと眠りについた。

「八重。俺の部屋に来い」

風呂上がりにまた呼ばれた私は、信吾さんの部屋へと向かう。

「今日は本当にありがとうございました。直正のあんな笑顔を初めて見ました」

精いっぱいやってきたつもりだったが、やはり我慢をさせてきた。仕事中は一緒にはいられないし、食べ物も質素なものばかりで、大福なんて買い与える余裕はなかった。

正座をしてお礼を言うと、彼は小さくうなずく。

浴衣の襟元からのぞく大きな喉仏が上下するのを見ているだけで、胸がドクンと跳ねる。それも、情熱的に抱かれたせいだ。

「こちら、お返しします」

私は高鳴る鼓動に気づきつつ、お金を返した。すると彼は眉尻を上げる。

「俺に恥をかかせるのか？」

「いえっ、決してそんなつもりは……」

「自分の所有物に贅沢をさせてなにが悪い。口ごたえは許さんと言ったはずだ」

またただ。また高圧的な態度で私を支配しようとするが、その言葉の裏に見える優しさに胸が熱くなる。

彼は私が差し出したお札を再び私のほうによこし、なぜか熱い眼差しを送ってくる。

「お前はもっと食って、俺を悦《よろこ》ばせる体になれ。そのためにここに置いているのだからな」

「あっ……」

すごい勢いで腕を引かれ、すでに敷いてあった褥に押し倒された。見下ろしてくる彼は、艶やかな視線で私を縛り、唇をゆっくり指でなぞる。

「お前にできるのは、俺に体を差し出すことだけだ」

ひどく冷酷な言葉を吐いているというのに、彼の瞳の奥が揺れている。それを見ていると、なぜか胸に熱いものがこみ上げてきて、鼻の奥がツーンとする。

どこかで見たことがある表情のように感じていたが、初めて体を重ねたとき『愛してる』と囁いた顔と同じだ。

「それで気がお済みになるのなら……」

そんなふうに言ったけれど、本当は違う。もう彼を愛することは許されないのに、愛したい。そして抱かれたい。そんな感情に支配され、抑制が利かない。

それからすぐに重なった唇は、やはりとびきり熱かった。

私は口づけに夢中になり、彼の背に手を回して激しい行為に身を任せた。

くすぶっていた彼への想いに再び火がつき、悶える。浴衣を乱しながら彼にしがみつけば、恍惚の表情でまっすぐな視線を向けられて拍動が速まっていく。

「あぁ……」

とても我慢できず声を漏らした瞬間、彼は苦しげな顔で「八重」と甘く囁いた。

「信吾、さん……。信吾さ……んんっ」

何度でも彼の名を呼びたい。私を貫いているのがこの世でたったひとり愛する人だと、確認したい。

しかし、私の言葉は彼の激しい口づけに飲み込まれていった。

本能のままに交わりやがて果てたあと、前回と同様私を強く抱きしめる信吾さんは、無意識なのか髪を指で弄ぶ。つい今しがたまで私の全身を悦ばせた骨ばったその指は、やがて私の頬にたどり着いて包み込んだ。

「八重」

少し離れて私の名を口にしたあと、再び唇を重ねてくる。甘すぎる口づけは、私と彼の間にある壁をいっとき忘れさせてくれた。

「次は週末に来る」

「承知しました」

私は彼の腕の中で返事をしながら、また会えるという喜びに震えていた。


週末は非番だったらしく、信吾さんは私と直正を人力車に乗せて銀座に向かった。

ここで出会ったんだ……。

大通りで人力車を下りると、ちょうど時計塔が十回自鳴した。初めて聞く直正は、時計塔をじっと見つめて動こうとしない。そのため無理やり彼の手を引こうとしたが、信吾さんに止められた。

「好奇心旺盛なのはよいことだ」

「はい」

やはり、信吾さんは私より子供の扱いがうまそうだ。

どこに行くのかわからないままついてきたが、彼はまず直正が気に入った千歳の和菓子を買って持たせてくれた。直正はそれだけでご機嫌。余程おいしかったに違いない。

それから電車通りをゆっくり歩くが、直正は疲れたのか抱っこをせがむ。私が抱こうとすると、一瞬早く信吾さんの手が伸びてきて「甘えん坊だな」と微笑みながら抱き上げた。

「すみません、私が……」

「俺のほうが力はある。それに視界も高くなるから直正も楽しいだろう」

意外な返事に素直にうなずいて任せることにした。

信吾さんが次に足を踏み入れたのは呉服店。ここは真田家も利用していた老舗だ。外出時は洋服ばかりの信吾さんだが、家用の浴衣でも求めるのかな？と見ていると、女性ものの着物を出すように告げるので、ひどく驚く。

もしかして私の？　ううん。彼にはきっとそれを差し上げるような女性がいるんだわ。

そう思い直して気分が沈む。しかし、店員がいくつか着物を広げると「どれがいい？」と私に振るので、落ちていた気持ちが一気に上昇した。

「私、ですか？」

「他に誰がいる。あぁ、直正のものも見繕おう」

子供用の着物まで出すように指示をする信吾さんを慌てて止める。

「いえっ、私たちは今あるもので十分です」

といっても三枚を着まわしているだけで袖口が破れかかっているものもあるけれど、着るものにまでお金が回らないのだ。

「選ばないのなら俺の好きにするぞ」

私の話が聞こえているはずなのに、彼は着物を熱心に選び始めた。

そして直正にも「どれが好きだ？」と尋ね、あっという間にふたり合わせて六枚もの着物を選んで支払いを済ませてしまった。しかも、真田の家にいた頃に纏っていたような高級品ばかりだ。

「家に届けてくれ」

「かしこまりました」

信吾さんは店員に告げ颯爽と店を出るが、私は戸惑いを隠せない。

「黒木さん、こんなことをしていただかなくても」

「お前たちを囲っている以上、みすぼらしい身なりをさせれば俺の沽券《こけん》に関わる。自分のために買ったんだ」

抱かれるとき以外はどうしても「信吾さん」と呼べない私が話しかけると、平然とした顔でそう言い放つ。

「ですが――」

「もう黙りなさい」

私の反論をぴしゃりと遮った彼は、再び直正を抱いて歩き始めた。

それから、直正に西洋菓子のビスケットまで購入してくれた。直正は初めてのビスケットに大興奮。家まで到底待てない様子に気づいた信吾さんは、近くの公園に行き、その袋を開ける。

「申し訳ありません」

「ビスケットは初めてだったか。おいしければまた買ってやろう」

これほど気を使ってもらい、申し訳ない気持ちでいっぱいになる。

直正は袋からビスケットを一枚取り出すと、なにを思ったのか信吾さんに手渡し、そのあとは私にも。

「これは直正が食えばいいぞ」と信吾さんが伝えたものの、直正は受け取らず、自分の分も取り出して口に入れた。

「一緒に食いたいのか？」

信吾さんが尋ねたのにもかかわらず、直正はビスケットに夢中で返事もしない。初めて食べた西洋菓子のおいしさに目を輝かせている。すると信吾さんは、一瞬頬を緩めて直正の頭を撫でたあと、自分も口に運んだ。

なんだか、親子三人で散歩に来たみたいだ。

そんなことをふと考えると、視界がにじんでくる。けれど泣くわけにはいかず、私もビスケットを口に入れた。

その日は、牛鍋までいただいて帰宅した。

私と直正のための外出で、信吾さんは自分のものをなにひとつとして購入していない。

「ありがとうございました」

直正が眠ってから改めてお礼を口にすると、信吾さんは「礼は体ですればいい」と私を組み敷いた。

彼はここに泊るたび私を抱くが、口では過激なことを言いつつも、その行為は限りなく優しい。私が悶える場所を見つけては執拗に攻め、気をやってしまうとなぜか彼のほうが満足そうな表情をしている。

そして、接吻が……たまらなく気持ちいい。信吾さんは頬を上気させる私を艶やかな目で視姦したあと、ねっとりとした大人の口づけを落とす。この瞬間がたまらず、体の奥のほうがたちまち熱くなるのだ。

感情が高ぶるたびに落とされる唇からは、彼の温かな気持ちが伝わってくる気さえする。

「そんなに締めつけるな。それほどいいのか？」

そう問われても「気持ちいい」とは口にできない。私は罰を受けているのだから。

罰のはずなのにとてつもなく幸せな時間を過ごしたあと直正の眠る部屋に戻ろうとすると、うしろから抱き寄せられて止められた。そして「八重」と耳元で囁かれて体がビクンと反応する。

「まだ行かせたくない」

それはどういう意味？

大きく跳ねる心臓に気づきながら、彼の腕をつかむ。

「すまない。なんでもない」

しかし次の瞬間、腕の力を緩めて離れていった信吾さんは、私に背を向けた。

そんな生活があっという間に三カ月過ぎ、冷たい北風が吹く季節となった。

最近、信吾さんにあつらえてもらった着物を纏うこともあるせいか、女工仲間にいい男《ひと》ができたと噂を立てられ、羨ましいと揶揄《やゆ》されている。

けれども、信吾さんの憎しみの対象であることは、おそらくこれからも変わらない。父は裁判が進んでいるようだが、刑罰が決定したからといって妹さんが歩けるようになることはないのだから。

信吾さんは私たちが借りている邸宅にやって来ることがかなり増えている。直正と彼との関係は良好で、最近直正は「黒木さん来る？」と私に毎日尋ねるくらいだ。時々菓子を買ってくれるのもあるけれど、それ以上に遊んでくれるのが大きいらしい。今までは忙しくて相手をする時間もあまりなかったので、愛情に飢えていたのかもしれないと反省している。

今日は仕事のあとになにか用があるらしく、夜遅くなるが訪ねると言われている。信吾さんを待っていた直正は、睡魔には敵わずもう床についた。

夜も更け、今日は来ないかもしれないと思ったが、日をまたいだ頃に玄関で物音がして出ていく。戸を開けると、酔った様子の信吾さんが壁にもたれかかるようにして座り込んでいた。こんなふうにフラフラになる姿は初めて見たので、驚きのひと言だ。常に凛とした雰囲気を醸し出している人なのに。

「黒木さん、大丈夫ですか？」

腕を抱えて立たせようとしたけれど、びくともしない。

「あぁ」

「中に入りましょう。立てますか？」

「八重」

もう一度立たせようと彼の腕に触れた瞬間、強い力で引き寄せられて唇を奪われた。

「こ、こんなところで……」

「八重が欲しいんだ」

私を玄関の引き戸に追い詰めて、お酒のにおいが漂う唇をもう一度押しつけてくる。

「八重」

なぜか切羽詰まったような声色で私を呼び、耳朶を甘噛みしたかと思うと、浴衣の襟元から手をするりと入れてきた。

「しっかりしてください。ここは外です」

「俺を拒否するのか？」

慌てて襟元を押さえて彼の手を制すれば、苦しげな表情で問われて困ってしまう。

なにがあったの？

「そういう問題ではありません。中に」

「お前もこんな気持ちだったんだな」

「えっ？」

なんのこと？

問いただしたかったものの、彼がゆっくり立ち上がったので、私はその体を支えた。

そして玄関で無造作に靴を脱ぎ捨てた彼を部屋に連れていく。

「今、お水をお持ちします」

「ここにいろ」

座らせて離れようとしたのに、抱きしめられて動けなくなった。

「なにかあったんですか？」

仕事が大変だったのだろうか。

彼の左腕には刃物で切られた痕がある。これは職務中に暴漢と対峙したときにできた傷だという。

常に気を張り詰めていなければならない警察官の仕事は、おそらく想像を絶するほど過酷だ。今日もなにかあったのかもしれないと、心配でたまらない。

「八重」

彼は答えをくれることなく、ただ私の名を口にして一層腕の力を強める。

「どうしてなんだ……。どうして俺たちは……」

「えっ……」

その続きはなに？

口を閉ざしてしまった彼の様子が気になって顔が見たいのに、離してくれない。

「黒木さん？」

「信吾と呼んでくれ。頼む」

懇願され、胸がざわざわと音をたてる。どうしてかわからないけれど、彼が苦しんでいることだけは伝わってきた。

「信吾さん」

「八重。あ……」

彼はなにかを言いかけたものの、また黙り込んでしまった。

それからしばらく手の力は緩むことなく、私は彼の広い胸に抱かれていた。

父のことがなければ、幸せいっぱいのひとときを過ごせたのかもしれないと思うと残念でならない。しかし、ひとりの女性を見捨てるという重い罪を犯した父の血を引く娘としては、できる贖罪はしたい。告発をしなかった私にも罪はあるのだから。

「抱いてもいいか？」

いつもは強引に組み敷くくせに。抵抗することは許されないはずなのに、私の気持ちを尋ねるなんてやっぱりおかしい。

「信吾さん。本当になにがあったんです?」

「八重が欲しいんだ。八重だけを」

「信吾さん……。抱いて——」

それ以上の言葉は彼の唇に吸い取られて言えなかった。

なにがあったのか結局教えてもらえなかったが、その晩、彼は私を丁寧に抱いた。体の隅々まで舌を這わせ、私の体を真っ赤に染めたあと、ひとつになった。

いつもは激しく腰を打ちつけるのに、私を見下ろしたまま動こうとしない。なにか言いたげな瞳で私をじっと見つめ、熱い口づけを落とす。胸が震えるような接吻は、たちまち私を虜《とりこ》にした。

堪能するかのように、私の肌に舌を這わせながら手を強く握りしめてくる。なにかがいつもと違うが、彼は聞かれたくなさそうだ。

やがてゆっくりと律動し始めた信吾さんは、眉根を寄せて時折甘いため息を吐きながら、私から視線を外さない。

「信吾、さん……」

求めてはいけないとわかっているのに、体が火照って言うことを聞いてくれない。

彼に手を伸ばすと、すぐに強く抱きしめてくれた。

「どうして……」

再び繰り返された『どうして』という言葉の続きはなんなのだろう。聞きたくてたまらないけれど、与えられる快楽に溺れ、それどころではない。

次第に激しくなる動きに髪を振り乱して悶えていると、彼が唇を噛みしめていることに気づいた。

「信吾さん。私にできることはありませんか？」

なにがあったか吐き出さないのなら、どうすればいいのか教えてほしい。輿入れが決まり警視庁に足を運んだとき、『あなたのためにできることを教えて』と彼に言われて救われたから。

「それなら、ずっと……。俺だけの……」

やはり言葉を濁し、最後までは聞けない。だから私は信吾さんに抱きついて、せめて肌の温もりを伝えようとした。

体を交えたあとは、抱きしめられて離してくれない。私はこの時間がたまらなく好きで、いつもなら心安らぐ至福のときなのに、今日は彼が心配でたまらない。

「八重」

「運命ってなんなんだろうな」

私を腕の中に閉じ込めたまま問いかける彼の顔は見えないけれど、ゆがんでいる気がした。

「はい」

「わかりま、せん」

信吾さんと愛し合ったのも、彼との間に直正を授かったのも、憎む者と憎まれる者という立場になったのも、すべて運命と言えば運命だ。

けれど、それになにか意味があるのかと考えると答えは出ない。神さまが私たちの間をいたずらに引き裂いたとしか思えないからだ。そんな不幸な意味なんて与えないでほしかった。

「そうだな」

あきらめたように言う信吾さんは、私の額に唇を寄せたあと目を閉じた。

しばらくするとスースーと寝息が聞こえてくる。

私を抱きしめたまま眠るなんて、初めて体を重ねたとき以来だった。少しは私を愛おしく想う気持ちが残ってはいないだろうかと考えたものの、きっと酔って眠いだけだろう。

私は彼の腕をそっとよけ、布団をかけてから部屋を出た。

それから信吾さんの足がピタリと途絶えた。

それが寂しいのは私だけでなく、直正も「黒木さん来ない？」と何度も繰り返し尋ねてくる。最初は怖くて震えていたくせに、信吾さんの優しさに包まれたおかげで、すっかりなついているのだ。

「そうね。忙しいのよ」

と言いつつ、もしかしたらもうこのまま来ることはないのではとも思った。

そもそも私たちの間にあるのは憎しみという感情だけ。彼は私の体を欲しいままにして、苦しみを紛らわせていたんだ。と何度も思おうとしたが、私も直正と同様、彼の愛情を感じているので、そんなふうに割り切れない。

自分は誘拐犯になっても私を守ろうとしたほどの、あふれんばかりの優しさを持つ信吾さんの面影は、まだ健在だ。

ただ、言葉が冷酷なだけ。

信吾さんを恋しがる直正を抱き、夜空に浮かぶ月に向かって「会いたい」と無意識に心の中で唱えていた。

しばらくすると信吾さんはまれに顔を出すようにはなったが、深夜に訪れて早朝に出ていくことが多い。たとえ夕方にやって来ても、私たちと言葉を交わすこともなく自室にこもるようになった。私はそんな彼が心配でたまらなかったものの、なにをしたらいいのかすらわからず、ただ遠くから見守ることしかできなかった。

そんな生活がひと月。

霜が降りるほど寒くなり、外の風が頬に突き刺さって痛いほどの季節を迎えた。とはいえ、仕事には行かねばならない。

私は直正に何枚も着物を重ね着させてから工場に向かった。しかし、道すがら彼の息が上がっていることに気づき、ハッとする。

「直正、どうかした？　体調悪いの？」

そういえば今朝は食欲がなくて、白米をおむすびにしてやったのに残していた。食いしん坊の直正にしては珍しかった。

すぐに抱き上げると、頬が真っ赤で体が熱い。

「熱がある……」

ここのところ寒くて、感冒が流行していると耳にした。女工も感冒で休んでいる人がいる。拾ったのかも。

「どうしよう……」

家に戻ろうかとも思ったが、工場のほうが近い。よい診療所がどこにあるのか知らないので、とにかく工場へと向かった。

駆け込むと、責任者の藤原《ふじわら》さんが息を切らせる私を見て不思議がっている。彼は以前、本社で秘書もしていたという有能な男性だ。

「どうしたんだい?」

「すみません。この子、熱があって……。今日はお休みをいただけないでしょうか」

「それは大変だ。もちろん休んでもらっても構わないよ」

藤原さんは表情を引きしめて、小さくうなずく。

「よいお医者さまをご存じありませんか?」

「医者か……。あっ、一ノ瀬さんが知り合いの医者が訪ねてくると言っていたはずだ。聞いてあげるから、そこに座って待ってて」

藤原さんはすぐに本社に電話をしてくれた。

「真田さん、家に往診してくれるそうだよ。住所教えて」

「住所……」

信吾さんの家を借りていることは誰にも明かしていないので一瞬躊躇したが、目を閉じて荒い呼吸を繰り返している直正を見ていたら、迷っている時間はない。私は藤原さんに住所を伝えた。

「人力車で帰りなさい」

「そうします」

貧しい身の上ではいつもは到底使えない人力車。でも、一刻も早く直正を温めてあげたい一心で奮発した。

家に駆け込み、布団に寝かせる。直正の首筋に触れると、先ほどとは比べ物にならないほど熱が上がっていた。

「気づいてあげられなくてごめんね」

横須賀時代もよく熱を出すことはあったが、なにせ勤務先が病院だったため、佐木さんをはじめとした医師や看護婦たちが面倒を見てくれたので心強かった。

しかし、こうしてひとりで対峙しなければならないと、緊張で顔が引きつる。

先ほどから咳き込みが激しいが、ただの感冒だろうか。もし結核だったら……。結核は命が危うい。

不安で胸が押し潰されそうになりながら、手ぬぐいを水に浸して額にのせた。

「お医者さまが来てくれるからね。頑張るのよ」

フーフーと息を荒らげながら目をギュッと閉じている彼に声をかけつつ、何度も玄関に目がいく。

早く来て……。

それから一時間ほどの時間が、とてつもなく長く感じた。

「真田さん！」

「はっ、お医者さま……」

玄関の引き戸を叩く音と大きな声が聞こえ、一目散に駆け寄って開ける。すると、そこに佐木さんが立っていたので目を丸くした。

一ノ瀬さんの知り合いって、佐木さんのことだったんだ……。

「直正は？」

「こちらに」

挨拶もせずにすぐに奥の和室に案内する。

「直正。大丈夫だぞ。先生来たからな」

佐木さんは話しかけながら直正を診ていった。

「肺の音は悪くない。流行性の感冒だろう。今年は大流行しているんだ」

ひと通りの診察が終わり、佐木さんは小さなため息をつく。

「喉が真っ赤だ。もう少し熱が上がるかもしれないな。熱さましを飲ませたから、落ち着くといいんだけど。真田さんも移らないように、手洗いとうがいを心がけて」

「はい。ありがとうございます」

「ちょっと、話いい？」

薬を飲んだあとすぐに眠りについた直正に視線を送った佐木さんは、私を促して部屋を出た。

居間に案内してから日本茶を用意して持っていくと、彼は縁側から庭を眺めている。

「お忙しいのに申し訳ありませんでした」

「いや。こっちの病院に新しい医療器具の勉強に来ていてね。一ノ瀬に久しぶりに会うつもりだったんだ。真田さんのことも気になっていたからね」

気にかけていてくれたなんて、本当に優しい人だ。

「そうでしたか。お茶を」

「ありがとう」

座卓に置いて勧めると、彼は座布団に腰を下ろして湯のみに手を伸ばした。

「一ノ瀬さんにはまだお会いになっていないんですか？」

「来てすぐに研修に入ってしまったからね。今週どこかで会おうと言っていたんだ」

一ノ瀬さんより先に呼び出してしまったのか。重ね重ね申し訳ない。

「横須賀では本当にお世話になりました。津田紡績もご紹介いただけて、本当に助かりました。今日も駆けつけていただいて……」

バタバタと彼のもとを去ったのでずっと言えなかった感謝の言葉を伝えると、優しく微笑んでくれる。

「元気そうでよかったよ。それに今日は医者として仕事をしただけだよ」

「そう言っていただけると。……あっ、往診代をお支払いしなくては」

慌てたが「いらないよ」と止められた。

「でも……」

「直正の一大事に駆けつけるのはあたり前だ。東京にいる間でよかったと思っているくらいだ」

たしかに、横須賀にいるときも何度も診察してもらったのに、お代をと言っても頑として受け取ってはもらえなかった。

「ありがとうございます」

「しかしこんなに立派な住まいだとは。正直、驚いたよ」

「そう、ですよね……」

横須賀で貸してもらっていた家の軽く十倍ほどの広さはある。

「直正の父親と一緒に住んでるの？」

直球の鋭い質問に、顔が強ばる。

「いえ」

「そう……。真田さんを東京に逃がしたあと、警察官と話をしたんだ。ひと目でわかったよ。あの人が直正の父親だね。目元がそっくりだった」

図星をさされて目が泳ぐ。しかし「そうです」と認めるわけにはいかない。私たちは、結ばれてはいけない関係なのだ。

視線を落としてうつむくと、彼は続ける。

「相手が警察官だったから逃げてきたんだと納得したけど……。それよりもっと大きな問題があったんだね」

その口ぶりでは、信吾さんが黒木家の人間だと気づいたのだろう。

「名前を聞いて驚いたよ。黒木造船の長男だったとは。事件を知らずに恋をしたんだろう？」

佐木さんは確信を持ったような聞き方をしてくるが、首を縦には振れない。

「直正は私の子です。黒木さんは関係ありません」

私は声を振り絞った。

「真田さんはなにも悪くない」

優しい言葉をかけられ、涙腺が緩みそうになる。でも泣いたら直正が信吾さんの子だと認めるようなものだとこらえた。

「この家は、黒木さんの持ち物だね」

調べればわかることなのでうなずいた。

「一ノ瀬が、工場の近くで真田さんが警察官に囲まれていたと小耳に挟んだと言っていたが、黒木さん？」

「……そう、です」

「それで、この家を？　復縁したの？」

「黒木さんは私を憎んでいらっしゃるんです。父のしたことを思えば当然です」

胸が苦しくて一気にまくしたてた。

「それならどうして別邸に囲ったりしているの？　……まさか、慰みものに――」

「違います」

大きな声が出た。

信吾さんは私に体を差し出せとは言ったけれど、常に優しく、そしていたわるように抱く。私は嫌悪感どころか、その行為に喜びすら感じている。もう愛を口にしてはならない人から、無言の愛をもらっているような錯覚があるのだ。ただの思い過ごしかもしれないけれど。

「真田さん。君はとても純粋な人のようだから、あえて言わせてもらう。黒木さんとの未来があると思ったら大間違いだ。君たちは幸せにはなれないよ。もしふたりにその気があったとしても、黒木家が許すはずもないし、世間は好奇の目でしか見ないだろう」

なにも言い返せない。

信吾さんにその気なんてないだろうし、ここで生活していることを今まで誰にも明かさなかったのは、そうした懸念があるからだ。

しかし、『未来があると思ったら大間違い』という言葉に胸をえぐられた。信吾さんとの幸せな未来を期待してはいけないことは十分承知しているのに、心のどこかにそんな気持ちがあることを否定できないのだ。

「もし直正が黒木さんの子だったとしても、君たちは一緒にはなれない。それなら、直正が幸せになれる道を探さないか」

「直正が……」

もちろんそれを最優先に考えてきたつもりだった。けれど、信吾さんと一緒にいられることこそが幸せで、他の道なんて考えられない。直正も彼になついているし。

「横須賀に戻ってこないか？」

「えっ……」

唐突に思いがけない提案をされて、思考が停止する。

「横須賀にいるときも、真田さんがずっと直正の父親のことを想っていることはわかっていた。なにか事情はあれど、深く愛しているんだと。舌を噛み切って貞操を守ろうとしたくらいだしね」

佐木さんは困った顔をして続ける。

「上流階級の人間として贅沢な暮らしをしてきたはずの君が、愛した人との間にできた子を守るために、汗水たらして文句ひとつ言うことなく必死に働いている姿を見たら、心も動くよ。助けたいと思うのが普通だろ？」

「佐木さんにはもう十分すぎるほど助けていただきました」

これ以上頼るわけにはいかない。

「それは俺も同じ。妻の命をつなぎ留められなかった絶望で飲んだくれてひどい生活をしていたのに、真田さんに出会って目が覚めた。こんな堕落した生活を送っていて、天国の妻がうれしいはずがないと。だから真田さんは俺を救ってくれた恩人なんだよ」

「まさか……」

驚愕のあまり目を見開くと、彼は私をまっすぐに見つめる。

「真田さんと直正と触れ合っているうちに、家族のような情が湧いたんだ。だからふたりがいなくなったあとは心にぽっかり穴が開いたようになってしまって、看護婦たちにも『心ここにあらずですね』と言われるほどで……」

佐木さんが私たちのことを家族のように思ってくれていたとは。

「もう黒木さんのことは忘れて、また横須賀で穏やかに暮らさないか？　俺も看護婦たちもふたりを歓迎するよ。生活が苦しいのなら、俺が面倒見たっていい。兄だと思ってくれ。放っておけないんだ、真田さんと直正のこと」

きっと佐木さんの申し出は、この上ないほどありがたい話だ。

直正はなにかと世話を焼いてくれた佐木さんのことが大好きだし、もちろん私も信頼を寄せている。あんな出会い方をしたけれど、私たち親子のためにずっと手を貸し続けてくれた彼が見守ってくれるなら、幸せに暮らせるに違いない。

でも……。私の心の中には信吾さんがいて忘れられない。

彼とはいわば禁断の関係であり、未来はないに等しい。しかし、離れる選択をどうしてもできない。

いっそ、冷酷に扱われているのなら佐木さんとともに出ていけるのかもしれない。けれど、憎しみをちらつかせながらも、彼の行動は優しい。ただ……酔って私を抱いたあの日以来、足が遠のいていることに不安は感じている。

「ごめん。直正が苦しんでいるときにこんな話を……。でも本気だから、考えてほしい。病院に戻らないと」

彼は少し冷めたお茶を一気に喉に送ってから立ち上がった。

「熱さましを置いておくから、あまりに高熱で苦しそうなときはもう一度飲ませて」

「はい。本当にありがとうございました」

「どういたしまして」

佐木さんは呆然としている私の返事を急かすことなく去っていった。

玄関を出て彼が乗った人力車が小さくなっていく様子を見ながら、頭の中を整理しようとしてもうまくいかない。

『君たちは幸せにはなれない』という言葉が耳にこびりついている。わかっていたことなのに、指摘されると苦しくて激しく心が揺れ動く。

「直正……」

ハッと我に返って家の中に入ったが、混乱は収まらなかった。

直正の高熱はそれから三日続いた。

工場の仕事を休み、つきっきりで看病していたものの、最初の二日はゆでだこのように顔を赤くして唸っていたので心配でたまらなかった。しかし、三日目の夜にようやく下がり始めて、安堵の胸を撫で下ろした。

「よく頑張ったね」

「先生は？」

朦朧《もうろう》としていたが、佐木さんが来てくれたことはわかっていたらしい。

「先生、お薬くれたんだよ」

「もう来ない？」

「そうだね」

直正はがっかりした様子で肩を落としている。

元気な姿で会いたかったんだろうな。

「きっとまた会えるよ」

「うん」

ずっと食べていないせいでお腹が空いたという彼におかゆをこしらえて食べさせると、完食してひと安心。けれど体力が奪われているのか、すぐに横になり再び眠りについた。

彼の寝顔を見てホッとしていると、玄関の戸を叩く音がしたのでドクンと心臓が打つ。

「信吾さん？」

心細くて彼に会いたくてたまらなかった。憎しみを向けられているのに頼るなんておかしいとはわかっていても、信吾さんがいると心強いのだ。

はやる気持ちを抑えきれず玄関に駆けつけたが、開く様子はない。しかし人影があるので、以前のように酔っているのかもしれないと開けた。

「佐木さん……」

「こんな時間にごめん。明日の朝帰ることになって、ようやく時間ができたんだ。直正はどうかな？」

まさか様子を見にきてくれるとは。

「今晩になって熱が下がってきました。さっきおかゆも食べられて。どうぞ」

恩人に立ち話なんてとすぐに中に促すと、佐木さんはすぐに直正の診察を始めた。

「本当だね。下がってきた。もう安心だよ。真田さんは平気？」

「少し喉が……」

正直に喉が痛いことを伝えると、今度は私の診察まで。

「口を開けてごらん？」

「はい」

「あー、少し赤くなってるね。一緒にいたら移るのは仕方ない。熱は？」

彼は手を伸ばしてきて、私の額に触れる。

「まださほど高くないみたいだけど、これから上がるかもしれない。困ったな。俺は横須賀に帰らないといけない。真田さんが寝込んだら、直正を預かってくれる人いる？」

「……いえ」

頼れる人なんていない。

「でもなんとかしますから、大丈夫です」

「なんとかするって、無理をするってことだろ？　医者としてそんなことは許可できない。いや、真田さんがフラフラになるのは見ていられない」

彼は私の手を握り、真剣な表情を作る。

「やっぱり、横須賀に来ないか？　こういうことがあっても助けてやれる。心配でたまらないんだ」

「八重」

そのとき玄関が開く音がして信吾さんの声がしたので、握られていた手を慌てて引いた。すぐに部屋に入ってきた信吾さんは、佐木さんを見つけて怒りの形相を浮かべる。

「お前……たしか横須賀の。俺のいない間に、八重になにをした？」

「大きな声を出したら直正が起きます」

冷静に答えた佐木さんは、信吾さんに鋭い視線を送る。そして私たちを目で促して居間に移動した。

「直正が熱を出して臥せっていたので診察に来ました。真田さんも移ってしまったようで、おそらく今晩あたりから熱が出だすでしょう」

佐木さんの言葉に驚いている信吾さんは、私をチラリと見る。

「ご存じなかったんですね。きっと徹夜で看病したでしょうに。そんな中途半端にふたりを縛ってなにがしたいのです？　愛しているんですか？　それとも憎いから？

真田さんの父が犯した罪は彼女の罪ではないでしょう？」

　佐木さんの叱責に信吾さんは当惑の色を見せる。

「これ以上、彼女と直正を傷つけるなら、私が引き受けます。一旦横須賀に戻ります が、迎えにきます」

「そんなことはさせない」

「それは愛ですか？　憎しみですか？　と聞いているんです」

　緊迫した空気が漂い、息をするのが苦しいくらいだ。口を挟もうにも、なにを言ったらいいのかわからない。

「愛、です。俺は八重を愛している。誰よりも八重のことを愛している」

　すると、一瞬の間ののち信吾さんがはっきりと言い放つので、私も佐木さんも目を丸くする。

「ははっ。あなたがそう言うなら、私に出番はない。あなたたちの未来は必ずしも明るいものではないでしょう。それでも真田さんを守ってくれますか？」

　佐木さんは摯実《しじつ》な表情で信吾さんに問う。

「約束しましょう。この命に代えてでも」

　まさか、信吾さんからそんな言葉が聞けるとは。

「真田さん、いばらの道でも彼と生きていく覚悟はある？」

次に佐木さんに尋ねられて、私はうなずく。信吾さんが許してくれるなら、ついていきたい。

「そう。実は妻は結婚前から病弱でね。随分結婚を反対されたんだよ。結局亡くなってしまったが、彼女と過ごした日々は本当に幸せだった。治してやれなかった悔しさはあるが、結婚を選んだことに後悔はない」

佐木さんはすがすがしい顔で言う。

「なにがあっても一緒にいたいと思える人がいるのは、きっと幸運なことだ。必ず幸せになるんだよ。いつか横須賀に顔を見せにおいで」

「佐木さん……。ありがとうございます」

佐木さんは満足そうに微笑んだあと、玄関に向かい靴を履き始めた。そして、あとを追った信吾さんに視線を合わせる。

「あっ、ひとつお教えしておきましょう。彼女と出会ったとき、私は娼妓と勘違いしてしまいまして。そうしたら、舌を噛み切って死ぬと啖呵を切られました。あなたのために命をかけて貞操を守ろうとしたんです。複雑な事情があるでしょうが、おそらくおふたりは運命で結ばれている。それでは」

佐木さんはとんでもない発言を残してから出ていった。

あのときのことに言及されるとは思ってもいなかったので、なんとも気まずくて顔を上げられない。

すると、「八重」という優しい声がして、恐る恐る視線を絡ませた。

「なにも知らずにすまなかった」

「いえっ……」

黙って逃げたのは私のほうだ。

「もう一度聞く。直正は俺の子なんだろう?」

私を見つめる信吾さんの瞳が真剣で、拍動が勢いを増していく。もう嘘なんてつけない。

「……はい。信吾さんの子です」

告白した瞬間、堰《せき》を切ったように涙が流れだす。まさか、真実を話せる日が来るとは思わなかった。

「そうか。……そうか」

何度も小さくうなずく彼もまた、目を潤ませている。

「元気になったら話をしよう。もうなにも背負わなくていい。直正はもういいのか?」

「はい。佐木さんに診察していただいて、流行性の感冒だろうと。熱も下がりおかゆも食べました。……あっ」

その瞬間、彼が私の額に自分の額を合わせるので、目が飛び出しそうなほど驚いた。

「お前も少し熱い。直正は俺が面倒を見る。布団に入れ」

「でも……。キャッ」

突然抱き上げられて声が漏れた。

「いいから、言うことを聞け」

威圧的な言い方で私を諭すものの、彼の表情が柔らかい。

普段は直正と同じ部屋で眠っているのに、別の空いた部屋に連れていかれて布団に寝かされた。

「直正が隣にいるとお前は眠らない。直正は俺に任せてここでぐっすり眠れ」

彼はそう言ったあと、私の額に口づけをする。

体が火照るのは感冒の熱のせいか、それとも愛する人に触れられたという高揚感なのか……。

「八重。俺がお前たちを守ってもいいか？」

大きな手で頬を包まれまっすぐな視線を向けられると、胸がいっぱいになる。一旦止まっていた涙が再びあふれ出した。

「はい」

「ありがとう。今はゆっくり休んで」

涙を優しく拭った彼は、手のひらを私の目の上に置き閉じさせた。

その晩はやはり熱が上がってしまい、頭痛にも悩まされて苦しんだ。しかし時折信吾さんが様子を見にきて、私の体を支えるように起こしては水を飲ませてくれた。

「直正はすやすや眠っているよ。もう熱もなさそうだ」

「ありがとうございます」

これほど献身的に看病をしてくれるとは思ってもいなかったので、感無量だ。優しい彼は少しも変わっていなかった。

翌朝になると直正はすっかり元気になり、部屋の外から声が聞こえてくる。どうやら信吾さんが食事を用意してくれたようだ。

「あんまりおいしくない」

「あはは。八重は料理がうまいからな。少し我慢しろ」

なんて失礼なことを言っているの？と焦ったものの、信吾さんは怒る様子もなく笑い飛ばしている。

居間に行こうと思ったけれど、関節が痛くて起き上がるのもつらい。直正の風邪をもらって病に伏したことがなかったわけではないが、これほどひどくしたのは初めてだった。

信吾さんがいてくれて、本当に心強い。

「直正。今日はどうしても夜に仕事に行かねばならない。母を頼めるか？」

「うん！」

「ははっ、頼もしい。でもわかっているのか？」

そんな声まで聞こえてくる。

直正は適当に返事をしているとしか思えなかったものの、ふたりの会話にほっこりした。

それからうとうとしたり目を覚ましたりを繰り返しているうちに、空が茜色に染まっていた。

幾分か熱が下がり、体の痛みも消失している。居間に顔を出すと、直正が寝転がって汽船の玩具を手にしていた。

「お母さま！」

「直正、ひとりにしてごめんね」

すぐさま起き上がってきた彼を抱きしめると、ギューッとしがみついてくる。もうまったく体は熱くない。

「黒木さんが卵焼き作ってくれたよ。でも、おいしくなかった」

私が寝ている間に、夕飯も食べさせてくれたんだ。

「黒木さんはいつもご飯を作ってないからしょうがないわよ。でも直正のために作ってくださったんでしょ？」

「うん。お母さまはなんでもできてすごいって」

「黒木さんがそう言ったの？」

「そうだよ」

そんなことを……。

「その船は？」

「お母さまを起こさないようにいい子にしてたらあげるって」

「そう。いい子にしてたものね」

おそらく仕事に行く前に言い聞かせてくれたのだろう。

「お母さま、熱？」

「うん、よくなってきたわ」

まだ体はだるいし熱もある。しかし、彼の前で沈んだ顔はできないと笑顔を作った。

「もう一回ねんねして。お母さまは頑張り屋さんだから、僕がねんねするように言いなさいって」

まさか信吾さんがそこまで言ってくれるとは。きっと心配しつつ仕事に向かったであろう彼の姿を思い浮かべて切なくなる。

「そっか。そうする。でも、ここでしようかな」

絶対に強がっている彼にそう伝えると目が輝いた。

「うん！」

それから直正は布団を運ぶのを手伝ってくれて、自分も私の布団に潜り込む。それからはおとなしく汽船で遊んでいた。

この子にも随分寂しい思いをさせてきた。

横須賀時代は病院へ連れていけば誰かしらがかまってくれたし、津田紡績でも他の女工の子供たちと仲よく遊んでいる。しかしやはり親との触れ合いは少ない。

これから信吾さんとの生活がどうなるかはわからない。でも、父親だと明かしたら、親子としてうまく関わっていけるだろうか。

父親のない子にしたのは私の勝手。今さら受け入れてもらえないかもしれない。

「直正、黒木さんのこと好き?」

「うん。優しいもん」

よかった。

信吾さんは知らない世界を見せてくれる人なのかもしれない。

親子の愛でつながる世界も、もっと経験させてあげられたらいいな。

そんなことを考えながら直正が遊ぶのを見ていると、まだ本調子でないからか再び眠りに落ちていた。

額に冷たいものを感じて目を開くと、制服姿の信吾さんが冷水に浸した手ぬぐいをのせてくれていた。まだ外は真っ暗だ。

「あっ……」

「起こしたか。ごめん。直正はよく眠っている。水分、取れるか?」

「はい」

一緒に布団に入っていたはずの直正は、隣に敷かれた別の布団で眠っている。信吾さんが移してくれたのかもしれない。

彼はすぐに水を持ってきて、私を座らせて飲ませてくれた。

「お仕事中ですよね」

「うん。警視になってから夜勤は少なくなったんだが、運悪く今日でね。落ち着いていたから少し抜けてきた」

警視ということは、やはり出世したのだ。

そんなことも知らないことに落胆するが、これから会えなかった間の溝を埋めていければいいと思い直した。

「汽船の玩具、ありがとうございます」

「お礼なんていらない。我が子に買い与えただけだぞ」

彼の口から『我が子』という言葉が聞けて、胸にじわりと喜びが広がる。

授かったことを知らせもせずに産んだけど、直正の存在を歓迎してくれているのがうれしかった。

「少し下がってきたな」

彼はまた額に額を合わせて熱を確認する。

何度も体を重ねた仲なのに、たったこれだけで体がカーッと火照りだす。余計に熱が上がってしまいそうだ。

「……はい」

「朝には勤務があける。できるだけ早く帰ってくる」

私の髪を撫でながら口角を上げる彼は、その手を頬に滑らせた。

「たった数時間離れるだけで寂しいな。仕事に戻りたくない」

そんな甘い言葉になんと返したらいいのかわからない。けれど、私も同じ気持ちだ。たとえ憎まれていてもそばにいたいと願った彼が、こんなに近い。

「行ってくる」

「はい。行ってらっしゃい」

私の額に口づけをした彼は、直正の寝顔を眺めてから出ていった。

翌朝は朝日が昇る頃に目覚めたが、すっかり体が軽くなっている。熱も下がったようだ。

台所で大根の味噌汁を作っていると、直正が汽船を手にしてやってきた。余程気に入ったらしく、肌身離さず持っている。

「お母さま、ねんね」

「ありがとう。もう大丈夫よ」

信吾さんの言いつけを守り、私を布団に戻そうとする彼がかわいくて抱きしめた。

「卵焼き、食べようね」

「うん」

きっと信吾さんも帰ってくる。失敗したという卵焼きを三人で改めて食べたい。

三十分ほどすると玄関が開く音がして、直正が駆けだしていった。

「ただいま。いい子にしてたな」

信吾さんの声がしたと思ったら、直正を抱いて現れた。

「大丈夫なのか、八重」

「はい。よくなりました。ありがとうございました」

「当然のことをしただけさ。おぉ、卵焼きだ」

信吾さんは直正のようにはしゃいでみせる。いつもは大人の彼の意外な一面だった。

「直正。手を洗うぞ」

彼の子だと伝えてから、ますます距離が縮まったように感じる。直正は父だと知らないが、親子にしか見えないふたりの様子に頬が緩んだ。

それから三人で食卓を囲んだ。特に贅沢なものが並んでいるわけではないのに、直正の笑顔が弾けている。

「やっぱり八重の卵焼きはうまい」

「黒木さんの苦いもん」

「ちょっと、直正。作っていただいたんだから……」

遠慮なく文句を言う直正をたしなめたが、「苦かったなぁ」と信吾さんまで笑っている。

「八重が寝込んでも大丈夫なように、ふたりで料理の練習をしようか」

「うん。僕、ご飯は混ぜられるよ」

直正の言う〝ご飯を混ぜる〟は米を洗うのを手伝えるということだ。

「それはすごいな。俺よりできる」

それなのに信吾さんは大げさに褒めて直正の頭を撫でた。

普通の家族ならあたり前の光景かもしれない。しかしあきらめていたからか目頭が熱くなる。

「お母さま、食べないの？」

「食べますよ」

箸が止まっていたのを直正に指摘された。

すると信吾さんが泣きそうな私に気がつき、そっと手を握ってくれる。その手から

「ずっと一緒だ」という言葉が聞こえてきそうで、笑顔を作った。

その日は大事をとってもう一日仕事を休み、体を休めていた。

信吾さんは休暇が取れたらしく直正と一緒に遊んでくれている。家にこもってばかりだった直正が外に出たいと駄々をこねると、「病み上がりだから少しだけ」と約束して散歩にまで連れ出してくれた。おかげで心置きなく布団の中で過ごせる。

一時間ほどして戻ってきた直正の手には可憐なスイセンの花が握られていた。

「お母さま、はい」

「私に？　ありがとう」

「お見舞いと、大好きの気持ちだそうだ。優しい子に育っているな」

信吾さんが表情を緩めながら付け足す。

直正にはしなくていい苦労もかけただろうに、大好きの気持ちをもらえて感慨深い。

彼を授かって本当によかった。

その晩、直正を寝かしつけてくれた信吾さんは、私が休む部屋までやってきた。

「八重。体調はどう？」

「もうすっかりよくなりました。本当にありがとうございました」

起き上がりお礼を言うと、彼は私の首筋に手を伸ばしてきて触れる。

「もう熱くない」

「はい」

触れられるだけで照れてしまい、うつむき加減になる。

「八重。俺……。妹を見捨てた犯人が許せなくて警察官になったんだ。捜査を重ねて八重の父にたどり着いたときは衝撃だった。それで、お前が俺の前から姿を消したわけを理解した」

「ごめんなさい。父の犯した罪を知った時点でお伝えすべきでした。でも、どうしてもできなくて……」

胸の内を告白すると、彼は小さくうなずいている。

「八重の気持ちは痛いほどわかる。俺が同じ立場でも告発できないだろう。でもまさか自分の手で真実を暴いてしまうとは……。妹のことは不憫《ふびん》で、代わってやりたいと思うほどだ。しかし勝手なことを言えば、知りたくない事実だった」

「信吾さん……」

唇を噛みしめて吐き出すように語る彼を見つめると、視線が絡まる。

「お前の父だけでなく、妹から自由を奪ったくせしてのうのうと贅沢な暮らしをしている真田家の人間を恨もうとした。でも、俺の頭に浮かぶのは八重の笑顔ばかり。父を逮捕した俺をきっと憎んでいるんだろうなと苦しくて、気が狂いそうだった」

切なげな眼差しを向ける彼は、ふぅとため息をつく。

「憎むだなんて。父がしたことは許されません。事故のとき、手当てをしていれば妹さんは自由を奪われなかったかもしれないのですから、言うまでもありません」

彼にサーベルを向けられた瞬間、殺されても仕方がないと思った。憎悪の気持ちがそこまで大きくても当然だと。

「どうして……。どうして八重の父なんだと動揺した。俺は最初、八重が消えたのは、清水家との縁談を受け入れられなかったからだと思っていた。俺を選んでくれたのだと」

その通りだ。私は信吾さんを選んだ。けれど、愛し合うことが許されない関係だともほぼ同時に知ってしまった。

「手を尽くして捜したが見つからなかった。きっとほとぼりが冷めたら俺のところに来てくれるはずだと期待していたのに時間だけが過ぎて……。八重を見つける前に事件の真相にたどり着いてしまった」

私を捜してくれたんだ。それだけでありがたい。

「家族に事情を聞きたいという名目で、その後も八重を捜し続けた。お前が事情なんて知るはずもないと確信していたのに。八重は父の罪を知っていながら俺と関係を持てるような浅はかな人間でないことくらいわかっていた」

「事故のことは知りませんでした。でも、父がしたことを許してくださいとは言えません」

苦しいのは信吾さんのほうだ。泣くまいと思っていたのに声が震える。すると彼は私の腕を引き抱き寄せた。

「八重はなにひとつとして悪いことはしていない。でも、妹を傷つけられたという怒りをどこにぶつけていいのかわからず、罪のないお前たち家族を恨むことで紛らわそうとした」

そうなって然るべきだ。彼もなにも悪くない。

「横須賀でお前を逃がしたとき、会えなかったという落胆だけでなく、ホッとしたような気持ちもあった。会って憎悪の目を向けなければならないのなら、会わないほうがいいのかもしれないと思ったんだ。でも、子供がいると知って……」

横須賀で直正の存在を知ったのか。そのときから自分の子かもしれないという予感があったのだろう。

「津田紡績で働いていることを突き止めて、仕事として八重に会いに行った。サーベルを抜いたのは、自分の暴走しそうになる気持ちを抑えるためだった。憎しみより愛を囁いてしまいそうな気持ちを」

彼の苦しい胸の内がひしひしと伝わってくる。

「でもすぐに後悔したよ。震える直正が、ひと目で自分の子だと確信したから。八重はボロボロになりながら、俺との間にできた命を必死に育ててくれたんだとわかったから」

彼は体を離すと、私の手を取り指先に唇を押しつける。

「出会った頃は、白く美しい指をしていた。でも、俺たちの大切な直正を育てるために傷ついたこの指は、もっと美しい」

視界がにじみ、彼の顔がよく見えない。

「苦労、させたな」

もう涙が流れるのをこらえられなかった。ポロポロと頬にこぼれると、彼も肩を震わせもう一度私を抱き寄せる。そしてしばらくして再び口を開いた。

「一度唇を重ねてしまったら、もう気持ちを抑えられなくなった。心の中で『憎め』

『仇だ』と何度叫んでも、自分の腕の中で八重が悶えているというだけで、たまらなく幸せだった。八重を恨むなんて、できるはずがないんだ」

彼にしがみつき、声をあげて涙する。直正に聞こえてしまうかもしれないと思ったけれど、我慢できるものではなかった。

彼は私にきつい言葉を投げつつも、丁寧にそして愛を伝えるように抱いてくれた。だから私は、いけないと思いながらも溺れてしまった。

やはり、彼の強い想いがこもっていたのだ。

「許されるなら、八重と直正と生きていきたい。あの医者にふたりを引き受けると言われて、渡さないと猛烈に嫉妬の念が湧いた。頼む。俺を選んでくれ」

彼の懇願が信じられない。許しを乞わなければならないのは私のほうなのに。

「許すだなんて。許されなければならないのは私のほうです。でも、私も信吾さんと生きていきたい……」

もう彼への気持ちを隠しておけない。私のほうこそ、彼に選ばれたい。

「八重……。どこにも行くな。一生離さない」

信吾さんは私の頭を抱えるようにして一層密着してくる。私は彼にしがみつき、思う存分歓喜の涙を流し続けた。

「八重」

しばらくして離れた彼は、私の名を優しく呼ぶ。

「はい」

「八重」

「はい」

「八重がいる。ここにいる」

何度も確認する彼は、「夢じゃない」とつぶやく。そして私の頬を両手で包み込んだかと思うと、距離を縮めてきて唇を重ねた。

触れるだけの接吻だったが、心がしびれて頭が真っ白になる。離れたあとも熱を孕んだ視線を向けられたままなので、照れくさくてたまらない。

「風邪が移ってしまいます」

「直正と八重の風邪なら、移してもらいたいくらいだよ」

彼はふっと笑ったあと、もう一度口づけを落とした。

その晩、私たちは眠る直正の両側に布団を敷き、彼を挟んで三人で眠った。

こんなことができるなんて胸がいっぱいでしばらく眠れなかったが、信吾さんも同じようで、大きな手を私に伸ばしてきて私の頭をトントンと叩いた。

私たちの未来がどんな方向に転がるかはわからない。けれど、もうなにがあっても決して離れない。信吾さんと直正と生きていく。

私はそんな決意を胸に、まぶたを閉じた。


翌日からはまた工場の仕事に復帰した。

信吾さんは私を辞めさせようと考えているらしいが仕事は嫌いではないし、突然やって来た私を雇ってくれた一ノ瀬さんや津田社長に恩があるので、続けられる限りは続けようと思っている。

信吾さんも一緒に家を出たけれど、私の顔を見つめて一瞬不安そうな顔をする。すぐにもとの表情に戻ったものの気になった。

そういえば……酔って帰ってきたあの日、『お前もこんな気持ちだったんだな』と意味深長な言葉をつぶやき、様子がおかしかった。しかもそのあと、こちらの家を訪れる回数が極端に減ったけれど、あれはなんだったのだろう。

「今日は少し遅くなる。先に寝てて」

「わかりました」

まるで夫婦のような会話に、耳が熱くなるのを感じる。

信吾さんがあたり前のように実家ではなく私たちのところに帰ってきてくれるのがうれしかった。

その晩、信吾さんが帰宅したのは深夜になってから。直正は随分前に眠りに落ちている。

「お疲れさまでした。お忙しいんですね」

「いや……」

彼から背広を預かりながら問いかけたが、歯切れが悪い。

「お食事はされてきたんですか？」

「なにかある？　あまり食べてないんだ」

「今、準備します」

もしかしたらと用意してあったので、それを居間に運んだ。

「いただきます」

直正の寝顔を見に行っていた彼は、手を合わせてから食べ始めた。今日はさわらの味噌漬けだ。最初に渡されたお金があるので、信吾さんがいるときは肉や魚も献立に入れられる。そのおかげなのかそういう時期なのか、直正の成長が著しい。

「うん、うまい」

かなりの勢いで食べ進んでいるが、あまり食べていないのではなく、まったく食べていないのでは？

「食事をとる暇もないんですか？」

隣に座りお茶を淹れながらなにげなく尋ねたところ、彼の箸が止まったので首を傾げる。

「実は、この一カ月は実家に足を運んでいた。話し合いが平行線で……」

「話し合い？」

彼は表情を引きしめて箸を置く。

「結婚をと言われている。黒木家の跡取りは俺だけだ。そろそろ子をと」

「え……」

『お前もこんな気持ちだったんだな』と言ったのは、勝手に縁談を進められて途方にくれていたからだったのか。私が清水家に嫁ぐように強制されときと同じように。

「警視庁も辞して、造船を継げとも言われている。だが俺は、警察の仕事に誇りを持っている。八重と出会って、その思いは強くなった」

「私と？」

どうして？

「日比谷の事件のあと、八重は、『なんの苦労もせず生活ができていることのありがたさを噛みしめております。』と言っていた。それは俺も同じ。でも、一部の特権階級の人間だけでなく、すべての人が幸せに暮らせるように警察官として市民生活を守りたい」

なんて素敵な志なのだろう。実家の稼業を継いだほうがおそらく楽に生きていけるというのに。

「だから俺はどちらも受け入れられないと言った。仕事の件は説明できたが、結婚は……。他に好きな女がいると何度話しても、連れてこられないなら話を進めると」

私を連れていけるわけがない。認められるどころか、引き裂かれるに違いないのだから。

それで、苦しんでいたのか。

どうすればいいのだろう。父が信吾さんの妹さんを見捨てたという事実が消えることはない。私たちはどう考えても結婚を許されない。

「俺は、八重以外の女を娶るつもりはない」

彼が私の目をじっと見つめてはっきりと口にしたとき、言い知れない喜びが胸に込み上げてきた。憎しみの対象でも仕方がないのに、これほど愛してもらえる。なんて幸せなのだろうと。

「お相手は……」

「黒木造船とも取引がある貿易商の社長令嬢だそうだ。男爵家で爵位は弟が継ぐとか。黒木家にとってはよい縁談だと力説されても、心が動くはずがない。俺は、八重が好きなのだから」

信吾さんは困った顔をして眉をひそめる。

私が身を引くべきだろうか。そうしたら彼の苦しみは解消される？

「八重」

「はい」

「逃がさないぞ。お前が逃げても必ず捜し出す」

身を引くべきかと考えていることに気づかれている？

「あの……」

「お前はどうして清水家に嫁がず逃げた？」

「それは……。直正が……」

と口にしたが、直正を授かっていなかったとしても逃げた気がする。信吾さんを愛しているのに、他の男の妻になることも体を許すことも耐えられなかった。

「いえ。信吾さんのことをお慕いしていたから……」

「ありがとう。俺も同じだ。俺を不幸にしないでくれ」

「不幸に？」

「そうだ。お前たちと一緒にいられないことが最大の不幸だ。他のものをすべて失くしたとしても、ふたりと生きていきたいんだ」

信吾さんの覚悟の大きさを思い知る。

しかし私もそうだった。子爵家の娘としてのなに不自由ない生活を捨てたが、まったく後悔はない。それより、大切な人との子を産み、育める幸福のほうが何倍も大きい。

そんなことを考えていると、彼に腕を強く引かれて抱き寄せられた。

「どうにもならなかったら、俺はすべてを捨てる。八重と直正だけいればいい。だから八重も覚悟して。俺と一緒に生きていく覚悟を」

覚悟なんていらない。それが一番幸せなのだから。

「はい」

彼の腕の中でうなずくと、背中に回った手に力がこもった。

でも……。彼にすべてを捨てさせるなんてことはできない。一度駆け落ちまでしようとした人だから、おそらく口だけではないだろう。

しかし、警察官としての仕事に誇りを持ち必死に働いている彼に、その仕事まで捨てさせる？ それで後悔しない？

私を誘拐したという冤罪を受け入れてまで助けてくれようとした信吾さんに、もう一度苦しい思いをさせるべきではない。

けれど、なんの力もない私になにができる？

信吾さんと一緒にいられるなら、結婚できなくても構わない。一生日陰の身でもいい。とはいえ、彼が他の女性を娶るのは耐えられない。

なんてわがままなのだろうと自分で呆れる。でも、これが本音だ。

しばらくして私を解放した彼は、熱を確かめたときのように額をコツンと合わせる。

「落ち着いたら、もうひとり欲しいな」

「えっ？ 赤ちゃん？」

「うん。俺たちの宝物」

彼は優しく微笑んだあと、そっと唇を重ねた。

家族になりたくて

それからさらに一カ月。

空には雪がハラハラと舞い寒くてたまらないものの、信吾さんがよく来てくれるようになったのもあり直正は元気いっぱい。しかし、実家との交渉は難航していて、結婚の件は進展もない代わりに取り下げもない。そしていまだに、造船業を継ぐようにとも言われているようだ。

「直正、雪合戦したことあるか？」

「雪合戦って？」

そうか。一度も経験がないかも。

「知らないのか。それじゃあ庭でやろう。八重、直正にもう少し着込ませてやって」

「はい」

日曜の今日は信吾さんも非番で、一日ここにいられる。

家にいるときは着物姿が多い彼だけど、雪合戦をするからとわざわざスラックスに着替えてきた熱の入れよう。直正はもちろんだが、信吾さんも楽しそうだ。

直正にはまだ彼が本当の父だとは告白していない。私たちの間の問題がすっかり解決したら話そうと決めている。

「お母さま、雪合戦ってなぁに？」

「雪で玉を作って投げ合うのよ」

着物をさらに重ねながら話していると、信吾さんがやって来て直正を抱き上げた。

「やってみればわかるぞ」

「うん！」

ふたりの笑顔がなによりうれしい。

私も羽織を纏って見学に行くことにした。

「冷たーい」

「直正、それは大きすぎる」

欲張って大きな玉を作っている直正を見て、信吾さんが肩を揺らしている。

「ほら、こうやってぶつけるんだ」

「わっ、ずるい」

信吾さんが軽く直正に当てると、直正は不貞腐れている。しかしすぐに大きな玉を投げ返した。簡単によけられるのに信吾さんはそうせず、スラックスを雪まみれにしている。

微笑ましい光景に目尻が下がる。

しばらくふたりは雪合戦を続けていたが、今度は雪だるまを作り始めたので私も手伝った。これまた初経験の直正ははしゃぎっぱなし。

「雪まるだ、大きいねぇ」

「雪まるだじゃなくて、雪だるまだ」

信吾さんも終始笑顔。私もつられて笑ってしまう。この調子なら、一緒に過ごせなかった時間なんてすぐに埋まる。

そろそろ温かいお茶でも淹れておこうと家の中に入ろうとしたとき、玄関の前に人力車が止まった。そして三十代くらいの男性が降りてくる。そのあとにもっと年上の貫禄のある立派な男性が続いた。

「君は誰かね。ここは私の家だが」

あとから降りてきた白髪交じりの髪をきちんと整えている男性は、信吾さんのお父さま？

返答に困っていると、すぐに信吾さんが気づいてやって来た。

「父上。どうしてこちらに……」

やはりお父さまだ。

突然の訪問に緊張が走り、うまく息が吸えない。

「雪まるだ溶けちゃう？」

そのとき、直正が無邪気に話しながら信吾さんに駆け寄って、彼のスラックスを引っ張った。

「なんだ、その子は？　まさかお前……隠し子がいるのではあるまいな」

「直正を温めてやって」

「はい」

信吾さんはお父さまの訪問に驚いた様子ではあったが、動揺は見えない。直正を抱き上げて私に渡した。うしろ髪を引かれたものの、私にはなにもできないと判断し、とりあえず直正を抱いて部屋の中に入った。

しばらく外から声が聞こえていたが、居間に案内したようだ。

私は直正を着替えさせて温かいお茶を飲ませたあと、汽船の玩具で遊んでいるように言いつけて居間にお茶を運んだ。

「どういうことだ！　だから結婚を渋っていたのか！」

部屋に入った瞬間、お父さまの怒号が飛び、ビクッと震える。

「そうです。私には好きな女がいるから結婚はしないと申しましたよね。それが彼女です。先ほどの子は私と彼女との間にできた子です」

「それならなぜ紹介しなかった。正式に娶らなかったのはどうしてだ。まさか、この女には別に夫がいるのではあるまいな」

「彼女はそんなことができる女ではありません」

ふぅ、と小さくため息をついた信吾さんは、私からお茶を受け取り、お父さまとお付きの人の前に出した。

「卑しい家の出か？　それとも娼妓でも囲ったか？」

「どちらも違います。しかし、本人を前によくもそんなひどいことをおっしゃいますね」

信吾さんは険しい表情で言い返している。私を気遣ってのことだろう。

「八重、ありがとう。下がっていいよ」

「はい」

信吾さんだけを矢面に立たせるのは忍びないが、ここに直正が入ってきても困る。それに、もしかして私がいるとより話がこじれるかもしれないと部屋を出ようとした。

「八重？　聞いたことがある名だ。……まさか、あのときの女か？」

駆け落ちのことを言っているのだ。

「そうです。私は彼女しか愛せません」

「お前は、正気か？　あのときの女なら、真田の娘ではないのか？」

お父さまは信吾さんに鬼の形相で迫るが、もっともだ。大切な娘を見捨てた男の家族なのだから。

「そうです。彼女は真田八重と言います」

「ふざけるな！」

お父さまは怒号とともに立ち上がり、目の前の湯のみ茶碗を手にしてまだ熱いお茶を私にかけようとした。

覚悟して目を閉じたものの熱くない。

再び目を開くと、私の前に立ち塞がった信吾さんの背中があって目を見開く。私をかばってお茶を被ったのだ。

「信吾さん！」

「大丈夫だ」

信吾さんは一瞬私のほうを振り返り笑顔を見せたあと、再びお父さまと対峙する。

「たしかに真田家の娘ですが、彼女にはなんの非もありません」

「馬鹿な。お前はとよの無念を晴らすために警察官になったのではないのか？　とよのことをかわいがっていたお前が、一番憎むべき相手ではないのか⁉」

お付きの人がオロオロし、お父さまをなだめるのもためらうほどの権幕だ。

「八重の父のことは、一生恨みます。あのとき、逮捕などせずこの手で殺してやりたいと思った……」

苦しげに吐き出す信吾さんのうしろ姿を見ているだけで、瞳が潤んでくる。

「しかし私は警察官です。警察官としての尊厳を自覚させてくれたのはまぎれもなく八重なんです。私はどんな身分の者も幸せに生きていける世を作りたい。それなのに、私が法律を犯すわけにはいきません」

「そのようなことはお前がやらずとも誰かがやる。この女と手を切り、造船を継いで爵位を守れ。とよのためにもそうしてくれ」

妹さんのためと言われると、胸が張り裂けそうに痛い。とよさんも、兄の妻が私ではつらいだろうから。

けれど、信吾さんと離れることがどうしてもできない。わがままだとわかっていても、どうしても。

「あの男が八重の父でなければと何度考えたことか。しかし、その事実は消せません。

ですが、私が愛した女が八重だということもまた事実。彼女には罪はないとおわかりいただけませんか？」

「お母さまー」

そのとき、直正が奥の部屋から出てきてしまった。

「八重、行きなさい」

「はい」

直正にこんな修羅場を見せるわけにはいかない。彼はまだ信吾さんが実の父だと知らないのだ。

私は頭を下げて部屋を出ると、駆け寄ってきた直正を抱き上げて奥の部屋に戻った。

「黒木さん、怒られてるの？　僕がいい人だよって教えてあげるよ」

「そうじゃないのよ。ありがとうね」

内容はわからなかったかもしれないが、怒号は聞こえていたのだろう。

直正は信吾さんのように優しく、そしてまっすぐ育っている。

この子を守らなくては。

私は直正を強く抱きしめ、心の中で誓った。

それから十五分ほどは押し問答している声が聞こえてきたが、玄関の引き戸が開く音がしてパタリと収まった。帰ったようだ。

呆然と玄関のほうを見つめていると、ふすまが開いて信吾さんが顔を出した。

「直正、うるさくしてごめんな」

「怒られちゃった？」

「あはは。大丈夫だ。八重、風呂を入れてくれないか。直正、冷えたから一緒に入ろう」

「本当に!?」

一緒に風呂に入るのが初めてだからか、直正がくりくりの目を一層大きくして喜んでいる。私は風呂の準備をする前に、慌てて信吾さんに手ぬぐいを渡した。彼は雪遊びで濡れたままだったからだ。

「ありがとう」

先ほどの厳しい表情は少しも見受けられない。とびきり優しい笑顔で、私を安心させてくれているようだった。

風呂のあとは昼食をそろって食べたが、直正は雪遊びではしゃぎすぎたらしく、私が後片付けをしている間に、信吾さんの膝の上で眠ってしまった。

信吾さんは奥の部屋に彼を寝かせると居間に戻ってきてあぐらをかいたので、私は前に座って口を開いた。

「ありがとうございました。お父さまは……」

直正がいるので聞けなかったことを早速尋ねると、彼は難しい顔をしてため息をつく。

「簡単にはいかない。それはわかってくれるか？」

「もちろんです。私……結婚という形を取らなくても、信吾さんのおそばにいられるならそれで……」

ずっと考えていたことを告白すると、彼は小さく首を振り、手を握ってくる。

「俺は、八重と直正と家族になりたい」

「信吾さん……」

私も同じ気持ちだ。けれど、難しいことも理解している。

「それに、もし今回の縁談を破談にできても、八重と結婚しなければ別の誰かをあてがわれるだけだ。必ず、八重と直正と幸せになる」

信吾さんははっきりと言い切り、私を抱きしめた。何度も優しく頭を撫でられて、張り詰めていた心が緩んでいく。

彼といつまでもこうしていたい。どちらかが命尽きるその日まで、ずっと手をつないでいたい。

それからも信吾さんは、実家に足を運んでは説得を試みてくれているようだったが、いい返事はない。

しかし直正の前ではいつも笑顔で、家の中は明るかった。

「そうか。工場の友達と仲がいいんだな」

夕飯のとき、津田紡績の女工仲間の子たちと遊んだ話を盛んにする直正は、信吾さんと出会ってからぐんと口が達者になった。

聞いてくれる人がいるのが楽しいのか止まらないので、食事が進まない。

「僕は〝おだま〟ができないの」

「おだま?」

「お手玉でしょ?」

私が口を挟むと「お手玉だ!」と恥ずかしそうに笑っている。一度間違えて覚えると、しばらくそれを使い続けるのが子供らしい。

「ははは。お手玉か。女の子が上手だろ。俺もうまくないなぁ。でも、直正は雪だるまを作るのが上手じゃないか」

「うん！　雪まるだは負けないもん」

雪だるまも何度言っても〝雪まるだ〟だ。信吾さんはそのうちわかるだろ？と笑っている。

真田の家では幼い頃からそうした間違いもすぐに指摘されて、いつも緊張していた。けれど直正の笑顔を見ていると、そんなに急いでいろいろなことを教え込まなくても、自然に任せようと思える。信吾さんも厳しくしつける様子はない。

秀麗な所作を身に着けるより、信吾さんのように正義感あふれる強い子に育ってほしい。最近はそんなことを考えている。

「ほら、肉を食わないと食っちゃうぞ」

「あー、僕の！」

信吾さんが、食事が進まない直正を見かねて彼の肉豆腐に手を伸ばすと、慌てて食べ始める。

これまた、箸の使い方も姿勢も、真田の父が見たら目をつり上げて怒りそうだったが、信吾さんは笑っていた。

翌日。私は工場の仕事をお休みして、直正を連れて母のところに行くことにした。この先信吾さんと進んでいくのなら、母にも知っておいてもらいたい。それに直正の存在も。それと……父がどうしているのかも気になっていた。

「お母さま、どこに行くの？」

電車に乗った直正は興奮しながら尋ねてくる。彼は乗り物が大好きなのだ。

「おばあさまのところよ。ご挨拶できる？」

「うん！」

すさまじい勢いで変化していく外の様子に目を輝かせて元気な返事。

突然孫を連れていったら驚くだろうし、縁談を破談にして消えたことを咎められるかもしれない。けれど、父のことで母も疲弊しているはずだから心配だ。

今までは直正を育てることで精いっぱいだったが、一番手のかかる時期は越えたし、なにより信吾さんがいてくれるので心にゆとりが生まれている。今なら少しは支えになれるかもしれない。

母の実家は甲武《こうぶ》鉄道の走る武蔵野《むさしの》村にある。境《さかい》駅で電車を降り、それからは徒歩。

直正と手をつなぎゆっくりと歩くと、何度か訪れたことがある母の実家が見えた。

母の父——私の祖父にあたる人は、甲武鉄道の上層部として勤務していた人で、のどかな地域に大きな一軒家が目立っている。

「あそこだよ」

「今のお家より大きいね」

「そうね」

真田家と同じくらいの規模はある。

緊張しながら玄関に立つと、庭にいた女中らしき白髪交じりの女性が私たちに気づいた。

「いらっしゃいませ。どちらさまでしょうか？」

私がわからないのも無理はない。最後に訪れたのは、尋常小学校に通っていた頃だ。

「八重です。母はおりますでしょうか？」

「八重さま！　これは失礼いたしました。奥さま！」

彼女は目をひん剥いた驚愕の表情で、バタバタと中に入っていった。

女中がいるくらいの生活はできているんだわ。

もともとこの辺りでは有名な資産家だったので大丈夫だとは思っていたが、自分の目で確認して安堵した。

「八重！」

すぐに出てきたのは、すっかり白髪が増え、目尻のシワも深くなった母だ。真田家にいた頃とは比べ物にならないほどやつれた様子で、心労の大きさを思い知った。

母は私に駆け寄ると、唇をゆがませて抱きついてくる。

「八重なのね」

「そうです。ご無沙汰してすみません」

耳元で母のすすり泣く声が聞こえてきて、私の瞳もにじんでくる。

「お母さま？」

私の手を握ったまま、きょとんとしている直正に声をかけられて我に返った。

「この子は？」

「私の子です。直正と言います。直正、おばあさまよ。ご挨拶できる？」

「こんにちは」

恥ずかしいのか私の背中に隠れ気味ではあったけれど、きちんと挨拶できた。

「こんにちは。八重、子供って……」

「真田の家を出たとき、身ごもっておりました。清水家との縁談を破談にして申し訳ございませんでした」

ずっとできていなかった謝罪をすると、母は驚きつつも首を横に振っている。

「私たちが強引に進めたものね。でも私は、破談でよかったと思ったの。お父さまの手前言えなかったけど、妾がいる人に嫁ぐなんて八重が不憫で」

当時母がそんなふうに思っていたとは知らなかった。真田の家では父の言うことが絶対だったので、口出しできなかったのだろう。

「婚約破棄で清水家には激怒されたけど、そのお妾さんとは別の女性が、自分は恒さんに結婚を囁かれていたと名乗り出て、ちょっとした騒動になったのよ。恒さんの女癖の悪さが世間に知られたせいで、真田家の婚約破棄も当然だという風向きに変わって、一旦は怒りも収められたの」

まさか、他にも女性の影があったとは。嫁がなくて本当によかった。

けれど、それで恥をかいた挙げ句、婚約を交わしていた真田家から犯罪者が出たことで、憤りが爆発したのだ。そして真田家の爵位返上にひと役買ったのかも。

とはいえ、信吾さんも爵位返上に尽力しただろうし、清水家の力がどこまで影響したのかは知る由もない。どちらにしても、信吾さんの妹さんを思えば爵位返上なんて大したことではない。

「そうでしたか」

「でも……子がいたのね」

ここに来るまでは叱責も覚悟していたのに、母は泣きながら笑って、腰を折る。

「直正くん。おばあちゃんよ。よろしくね」

随分丸くなった母に驚いたが、もともとこういう人だったのかもしれない。子爵家の嫁として、毅然と振る舞っていただけなのかも。

それから広い和室に通された私たちは、座卓を挟んで母と向き合って座った。

「これ、お土産です」

手渡したのは、今日のために信吾さんが用意してくれた千歳の和菓子だ。

「あぁ、千歳の。懐かしいわ」

母も千歳の和菓子は好きだったが、この様子では久しく食べていないようだ。

「直正くんも食べられるかしら？」

「はい。好物です」

「菊《きく》」

母は先ほどの女中を呼び、お茶の準備をさせた。

しばらくして菊さんが和菓子を皿にのせて持ってきたが、なにやら封筒も手にしている。

「奥さま、こちらが入っておりました」

「なにかしら？」

母は受け取り、私たちにお茶を勧めてから広げている。手紙のようだ。

和菓子は信吾さんに用意してもらった風呂敷包みのまま持参したが、私もそのようなものが忍ばせてあるとは知らなかった。

「まあ……」

母はそれに目を通し、うっすらと涙を浮かべている。しかし、一旦それを置いて和菓子を口にした。

一体どうしたのだろう。

直正が食べ終わったのを見た母は、再び菊さんを呼んでいる。

「直正くん、お庭に梅の花が咲いているの。菊とお散歩してこない？」

「うん」

直正は外遊びが大好きなのでふたつ返事でうなずく。そして菊さんに手を引かれて出ていった。

「八重。読んだ？」

母が先ほどの手紙を私に差し出す。

「いえ。手紙が忍ばせてあることを知りませんでした」

「そう。読んでごらんなさい」

信吾さんがしたためたものに違いないが、なにが書いてあるのだろう。私は不思議に思いながらそれを手にした。

【初めまして。黒木信吾と申します。

本日は、私も一緒に伺えればよかったのですが、仕事が休めず申し訳ございません。しかしどうしてもお母さまに謝罪しておかなければならないと、筆をとりました】

謝罪って？　逆ではないの……？

【私は、八重さんに直正を押しつけて苦労を強いてきました。駆け落ちを決意したとき、彼女を幸せにすると心に決めていたのにできておりませんでした】

「そんな……」

思わず声が漏れる。黙って消えたのは私で、押しつけられたわけではないのに。

【私たちの間には大きな問題がございます。ですが今度こそ、この命に代えてでも八重さんと直正を幸せにいたします。

どうか、結婚をお許しください。

さまざまな問題が片付きましたら、必ずご挨拶に伺います。その前に、お母さまの許可をいただければと、心よりお願い申し上げます】

読み終えた瞬間、信吾さんの心遣いに胸が震えて涙がこぼれた。

「八重。黒木さんって……。まさか」

「黒木造船のご長男です」

本当のことを伝えると、母は目を泳がせて放心している。

信吾さんのことを調べ尽くしていただろう父は、彼が黒木家の長男だということを知っていたが、母は蚊帳の外だったに違いない。いや、あえて知らされなかったのかも。事件についても耳に入ってはいなかったはずだ。

「清水家との縁談があったとき、一緒に逃げたのも黒木さんです。ですが……父が犯した罪を偶然知ってしまい、彼に黙って消えました」

「あなた、ひとりで産んだの？」

うなずくと母は目を丸くしている。

「親切にしてくださった方がいて、直正が二歳半頃までは横須賀に。東京に戻ってきて黒木さんと再会しました。その後は住まいを与えていただき、最近ではほぼ毎日、生活をともにしています」

「そんな苦労をさせたとは知らなかったわ。お父さまのことでも……。ごめんなさい、八重」

母が頭を畳につけて謝罪するので慌てて起き上がらせる。

「やめてください。お母さまはなにも悪くありません。お父さまのことで散々つらい思いをされたのでは？　私には謝らないでください」

「八重……」

母は込み上げてくるものを抑えられないといった様子で、体を大きく震わせて涙を流す。

「お父さまはどうされていますか？」

「面会に行ったら、離縁を申し出されたの」

「えっ！」

思わぬ展開に息を呑む。

「でも、嫌ですと申し上げたわ。お帰りをお待ちしておりますと。やつれた様子だったけど、自分の犯した罪を深く反省しておられた。あの人のしたことは決して許されないとわかっています。それでも、私はあの人を待ちたいの」

おそらく、縁を切り真田の名を捨てたほうが母は楽に生きていける。しかし父を待つという母は、父のことを深く愛しているのかもしれない。

「そう、ですか」

「だけど、そうすると八重に負担がかかってしまうわね……」

当然私も真田のままということになる。

「お気になさらず。私たちはなにがあっても離れないという覚悟がございます」

私にとっても、真田の名は重い。しかし、名を変えたからといって、とよさんへの罪が軽くなるわけではない。一生背負って懺悔し続けるつもりだ。

「八重は強いのね」

「直正が私を強くしてくれました」

障子の向こうから彼のはしゃぐ声が響いてくる。

真田家にいた頃は、清水家に嫁ぐしかないとあきらめるような弱い人間だった。けれど、直正の存在が私を強くした。

「黒木さんに、心より謝罪しますと伝えて。私はどんな罰も受けますと」

「お母さま……」

父の逮捕で初めて知った事件の責任をとるというのはなかなか酷だ。ただ、私も同じ気持ちなので、母の胸の痛みはよく理解できる。

しかし、信吾さんは母に償ってもらおうとは思っていないだろう。

「結婚の許可もなにも、こんなにありがたい話はないわ。黒木さんの広きお心に感謝しかない」

母が涙ながらに訴えてくる。私ももらい泣きしそうになった。

「はい。ありがとうございます」

それから兄の話にもなり、父の逮捕をきっかけに逓信省での職は辞したが、今は英語を話せるという能力を買われて貿易に携わる仕事をしているとか。

父の起こした事件で皆それぞれ今までの生活を手放すことになったけれど、元気で生きていられることがありがたい。とよさんはもう歩けないのだから。

「直正くんは、黒木さんになついているの？」

「実はまだ父だとは明かしておりません。ですが、直正は彼のことが大好きで、いつも帰りを待ち遠しそうにしています」

「そうだったの。このような配慮のできる人だものね。きっと素晴らしい人なんでしょう」

私はうなずいた。

信吾さんは私にはもったいないほどの人。その彼に愛してもらえるのだから、私も全力で愛を注ぎたい。

菊さんとふたり暮らしをしているという母だったが、庭の花の手入れをしたり菊さんに料理を習ったりと、真田家にいた頃にはできなかった経験をしているらしく、それなりに楽しんでいるようだ。ここで歳を重ねながら父を待つという母に迷いはなかった。

話を終えると、私たちも庭に出た。

「直正くん。もう少し暖かくなったらたくさんお花が咲くのよ。昆虫は好きかしら？」

母は直正の視線に合わせて腰を折って尋ねている。

「バッタはよく捕まえていたわよね」

「うん！」

横須賀で病院から家に帰る途中、いつも寄り道をしていたことを思い出して声をかけると、元気な返事。

「そう。それじゃあまたいらっしゃい。バッタも蝶々もたくさんいるわよ」

母の笑顔が真田家にいた頃よりずっと柔らかい。たくさんの女中に囲まれて緊張した生活を送るより、ここでこうして穏やかな生活を送るのが性に合っているのかもしれない。

華族として生きていた間は、子爵という地位を守ることこそが誇りであり幸せだと勘違いしていた。しかしそれを失っても別の道はあるし、むしろそちらの幸福のほうが望んでいたもののような気がする。

緊張しつつ訪れた武蔵野だったが、帰りの電車の中では心が温かくなっていた。苦しんだであろう母が父の帰りを待つときっぱり言うのを聞いたり、信吾さんの思いやりのある手紙の存在を知ったり……。

直正を授かってから決して順風満帆ではなかったからか、余計に胸に込み上げてくるものがある。

疲れた直正は、私の膝に頭をのせて眠ってしまった。私はそんな彼の頭を撫でながら、これからの親子三人の楽しい生活に思いを馳せた。


母に直正の存在を打ち明けて結婚の意向を伝えてから、信吾さんとの関係はより深くなっていった。

庭先の花のつぼみが膨らんでくる暖かな季節がやってきた頃には、彼はもう完全にここを住居としていて、実家には話し合いのときにしか赴かない。直正と一緒に笑顔で食卓を囲み、そして夜は情熱的に私を抱いた。

「なかなか説得できなくてごめんな。縁談だけは相手をお待たせしても受ける気はないからと断りを入れてもらった」

激しい情事のあと、私を腕の中に閉じ込める彼が謝罪するので首を横に振る。

縁談が断れたとは知らなかった。一歩前進している。

しかも、悪いのは彼ではないし、黒木のご両親でもない。

「早くお前と一緒になりたい。直正に父だと明かしたい」

彼は私の耳元で囁き、耳朶を甘噛みしてくる。それだけで愛されたばかりの体が再び火照りだし、真っ赤に染まっていく。

「もう散々待ったのですから、焦らず進みましょう」

「そうだな」

彼は頬を緩めて私を見つめ、熱い唇を重ねた。

しかしそののち、私は黒木家の怒りを目の当たりにすることとなる。

津田紡績での仕事を終え、直正を連れて家路につこうとすると、工場の周辺に数人の男が立っているのに気づいた。

「おぉ、来た来た。犯罪者の娘だ」

彼らのうちのひとりが大きな声で私を蔑《さげす》むので、目を瞠る。とっさに直正を背中に隠したが、誹謗の声は続いた。

「他人《ひと》の人生を滅茶苦茶にしておいて、素知らぬ顔でのうのうと生きているとはねぇ。彼女の父は、とある女性を歩けなくしたんですよ。皆さん、ご存じでした?」

私と同じように帰っていく女工たちに、わざと聞こえるように大声で話し続ける。ちょうど業務が終了した時間のため周辺には女工があふれていて、私たちを囲むように人だかりができてしまった。

彼らは間違いなく黒木家の回し者だ。

「ましてや今度はその家の財産まで狙って、随分したたかな女だ」

信吾さんとの結婚のことを言っているのだ。財産を手にしたいと思ったことなど一度もないのに。

周囲のざわつきが大きくなり、私には侮蔑の視線が送られた。

「そんな人と一緒に働いているなんて怖いわね」

「恐ろしい女」

私が言い返せないからか、男たちの話を完全に信じてしまった女工たちが口々に言い合っているのが聞こえてきて、唇を噛みしめる。

せめて直正を逃がしたいが、ひとりで行かせることは到底無理だった。

「お前たち、なにをしている?」

そのとき、私たちのところに割って入ってきたのは、工場責任者の藤原さんだ。

「従業員はもう帰りなさい」

彼が促すと、女工たちは蜘蛛の子を散らすように去っていった。

藤原さんは盾になるように私たちの前に立ち、口を開く。

「うちの女工になにか?」

「彼女が犯罪者の娘だとご存じですか?」

男が藤原さんにニヤニヤ笑いながら尋ねる。

「知りませんし、そうだとしても彼女が犯した罪でなければ関係ありません」

落ち着き払った声で藤原さんが言い返すと、男の表情が曇る。

「犯罪者の娘を雇った会社として悪評が立ちますよ?」

そんな……。

私がそうした非難を受けるのは仕方がないにしても、お世話になった津田紡績にまで迷惑はかけられない。

「それくらいの噂で揺らぐ会社だとお思いですか? 我が社の社長は人格者です。あなたたちの発言より社長の言葉を信じる者のほうが多いでしょう。誰の差し金でいわれなき悪評をバラまいているのか存じませんが、みっともないですよ」

藤原さんはそれだけ言うと振り向き「一旦中へ」と私たちを工場内へと戻した。

「申し訳ありません」

執務室に入るとすぐに深く頭を下げておわびをする。

「いえいえ。大丈夫ですか？」

「はい」

私はおびえる直正を抱きしめてうなずいた。また彼に怖い思いをさせてしまい、胸が苦しい。

「お世話になっておいてご迷惑までかけて……。女工の仕事は辞め――」

「うーん。今回のことは私では対処しきれそうにない。一ノ瀬さんに相談しても？」

「えっ……」

思い詰めた私の発言を遮る藤原さんは、怒っているわけでもなく優しい表情をしている。

「真田さんの真面目な働きぶりを見ている者が、あなたのことを悪く思ったりはしませんよ。悪口を叩いていた女工は、あなたのことを知らないのでしょう」

たしかにこれだけの女工がいれば、顔すらわからない人もいる。

「真田さんの素性は一ノ瀬さんがよくご存じですよね。なにがあったのかは深く聞きませんが、おそらくなにもかも知っていて雇ったのではありませんか？」

「そうだと思います」

「先ほども言いましたが、津田社長が徳の高い方で私もかつて助けられました。一ノ瀬さんに相談すれば社長と協議してくださるでしょう。もちろんよいほうにね。少しここで待ってください」

彼は私たちを椅子に座らせると、一旦部屋を出ていった。

「直正、ごめんね」

いまだ憂いの表情を浮かべる彼を抱きしめて声をかける。

「お母さま、大丈夫？」

「大丈夫よ」

「黒木さん、呼ぶ？」

唐突に信吾さんの名前を出されて首を傾げる。

「どうして？」

「お母さまが困ったらすぐに呼んでって。黒木さんが来るまでは、僕が守るって約束したの」

そんな約束、いつしたのだろう。最近よくふたりで遊んでいるし、風呂も一緒のことが多いから、そのときだろうか。

「そっか。ありがとう。でも、藤原さんが助けてくれるって」

「わかった」

自分が震えているくせして私を気遣う直正は、信吾さんの優しいところを受け継いでいる。

それからすぐに戻ってきた藤原さんは、私たちを人力車に乗せて本所錦糸町の本社へと向かった。

「真田さん、お久しぶりだね」

「ご無沙汰しております」

一ノ瀬さんが私たちを笑顔で迎えて、広い部屋に通してくれた。どうやら商談を行う部屋のようだ。

「直正くん、カステラは好き？」

「好き！」

「そんな、お気遣いなく」

直正におやつまで出してくれるので慌てる。解雇を宣言されてもおかしくないほど迷惑をかけているというのに。

「お客さま用に買ったけど余ったんだよ。真田さんも食べて。今、お茶を持ってこさせる」

恐縮したが、お菓子を出されて我慢できるほど分別はない直正は、すぐに手を伸ばしている。

「いただきますは？」

「いただきます！」

怖い思いをしたのに、すっかり笑顔が戻っていて安堵した。

それから一旦一ノ瀬さんも仕事に戻ったが、三十分ほどして今度は津田社長とともに戻ってきた。

「このたびは大変申し訳ございませんでした」

慌てて立ち上がった私は、社長に向けて深くお辞儀をする。

「頭を上げて。藤原から簡単に報告は受けています。よくない奴らに因縁を吹っかけられたとか」

因縁、ではない。犯罪者の娘というのは事実だ。

しかし直正の前で生々しい話をするのはためらわれてチラッと彼を視界に入れると、一ノ瀬さんが寄ってきた。

「直正くん、カステラもう一個食べようか。あっちでお姉さんが用意してくれる」

「うん！」

なんと一ノ瀬さんは機転を利かせて直正を連れ出してくれた。

直正を女子社員に引き渡した一ノ瀬さんが戻ってくると、座るように勧められる。

ふたりは机を挟んで私の向かいに腰を下ろした。

「真田さんの事情は、社長もご存じだよ」

口火を切ったのは一ノ瀬さんだ。

「はい。父が罪を犯しました。ですから、あの男たちが言っていたことは嘘ではありません」

「だからといって、真田さんが傷つく必要はない。罪を償うのはお父さまだ」

口を開いた社長は、一ノ瀬さんと同じ歳らしいが貫禄と気品を兼ね備えた人だ。

「ですが、またあのようなことがあって会社に傷がついては困ります。辞めさせてください」

ここは自分から身を引くべきだと切り出したが、社長は首を横に振る。

「それはできないな。藤原から、真田さんはすこぶる優秀だと聞いている。他の者が半年かかる技術をたった一カ月で習得したとか」

そんなことまで社長の耳に入っているとは驚いた。おそらく工場に訪れた際に伝えられたのだろう。

「それはたまたまです」

直正を育てなくてはと、必死だったからだ。しかし、それ以上に迷惑をかけている。

「たまたまだったとしても、優秀な社員を手放すほど馬鹿ではないつもりだ。真田さんがうちを去るとしたら、将来にわたって幸せを保証されたときだけ。一ノ瀬が友人とそう約束をしているようなんだ」

佐木さんと？

目を丸くして一ノ瀬さんに視線を送ると、彼はにっこり微笑み話し始める。

「横須賀でも誰もが認めるような働きっぷりだったそうだね。直正くんがいなければ、看護婦にならないかと誘ったのにと佐木が言っていたよ」

佐木さんがそこまで評価してくれていたとは。

「藤原が、財産がどうとかという声を聞いたと言っていたけど……」

一ノ瀬さんが続けざまに控えめに尋ねる。

父が事故を隠ぺいしたことは耳に入っているが、直正の父がその被害者の兄だということまでは伝わっていないようだ。私はこれだけ誠実に対処してくれる社長や一ノ瀬さんに嘘をつきたくなくて、信吾さんとの関係や黒木家の逆鱗に触れていることなどを告白した。

「なるほど。それではあの男たちは黒木さんの息がかかった人間だったのだろうね」

すぐにすべてを察した社長は、腕を組みなにかを考えだした。

「黒木家の言い分もわからないではない。真田さんにまったく罪はないが、難しい状況だ。でも、その彼と一緒に生きていくという強い意志はあるんだね？」

「はい」

社長の質問に私は即答した。それだけはこの先なにがあっても変わらない。

「私は、津田紡績に関わったすべての人に幸せをつかんでほしいんだ。特に真田さんのようにコツコツと努力してくれる人にはね。それに一ノ瀬が採用した責任もある」

「責任だなんて。雇っていただけてどれだけ救われたか。もう十分です」

掃いて捨てるほどいる女工に、忙しい社長自らが会ってくれるなんて普通はない。工場にしばしば足を運び、女工たちに声をかけてくれる彼らしいといえば彼らしいけれど。

「実は黒木造船とも取引があって、あちらの社長と会食をしたことがある。それとなく過激な行動は慎んでいただけるようにお願いしてみよう」

「そんな……。これ以上ご迷惑はおかけできません」

「迷惑ではないよ。我が社を支えているのは真田さんたち従業員だ。大切にしないとバチが当たる。私は、真面目に働く従業員を決して解雇などしない。だから安心しなさい」

社長の言葉に不安が吹き飛んでいく。

「ありがとうございます」

「これからまだ接待という一番嫌いな仕事が残っていてね。失礼するよ」

「とんでもありません。私などにお時間を割いていただきありがとうございました」

立ち上がってお礼を言うと、社長は優しい笑みを浮かべる。

「私など、ではないよ。真田さんは我が社の大切な戦力だ。もっと自信を持って。直正くんかわいいね。うちは男の子と女の子のふたりでやかましくてたまらない。もちろんかわいいけどね。それでは」

背筋をピンと伸ばして歩く社長は、若いのに威厳がある。その様子がどこか信吾さんと似ていた。

その晩、日勤だった信吾さんは日が暮れた頃に帰ってきた。

「おかえりなさいませ」

「おかえりなしゃいませー」

私が迎える横で直正も真似しているが舌が回っていない。

「ただいま」

それでも信吾さんはうれしそうに微笑み、直正を抱き上げた。

「昼寝は？」

「今日はしてないよ。カステラ食べたの」

まずい。信吾さんに心配をかけたくなくて、男に囲まれたことは黙っておくようにと言い聞かせたが、カステラのことまでは口止めしなかった。

「母に買ってもらったのか？」

「ううん。大きい会社に行ったの。そうしたらふたつもくれたんだよ」

直正は真剣に話し続ける。私は信吾さんとチラリと目が合い、焦る。

「そっか。よかったなぁ」

そこで話を終えてくれたけど、信吾さんが疑問を抱いたことだけは明確だった。

結局、直正が眠ったあと、すべてを白状する羽目になった。

「まさか、そんなことまでするとは。つらい思いをさせて申し訳ない」

ギリギリと音が聞こえてきそうなほど歯を噛みしめて怒りを抑えている彼の姿が痛々しい。こうなるとわかっていたので言いたくなかったのに。

「仕方ありません。ご実家の憤怒はごもっともです」

「だからと言って！」

信吾さんは畳を拳でドンと叩く。

「それで、会社からはなんと？」

「迷惑がかかるので辞めさせてくださいと言ったのですが、辞めさせないと。それどころか、過激な行動を控えてもらえるように口添えくださると……」

そう伝えると、彼は目を丸くしている。

「津田紡績の社長は器の大きな人だと聞いたことがあるが、その通りだな」

「ご存じなんですか？」

「今や国も頭を下げるほどの大きな紡績会社だからね。社長には俺からお礼の書簡をしたためよう」

信吾さんが私のために行動してくれるのがうれしい。結婚は許されてはいないが、夫としての責任を果たしてくれようとしているようで胸が熱くなった。

「しかし……」

彼は手を固く握り、しばらく視線を宙に舞わせる。

「潮時だな。これ以上は、話し合いでは埒《らち》が明かない」

「信吾さん？」

どうしようと？

「八重。直正に父だと話してもいいか？」

「えっ……」

結婚が許されてから伝えようと言っていたのに。

「できれば、実家との縁は切らずにと思っていたが、八重や直正を傷つけてまでそこにこだわる必要はない」

「待ってください。それって……」

「駆け落ちをもう一度するつもりはない。でも、俺は黒木の家よりふたりをとる。爵位もいらない。そんなものがなくても、必ず幸せにする」

彼は二度も私のためにすべてを捨てようとしてくれている。でも、本当にそれでいいのかためらわれる。

「八重」

それに気づいたのか、彼は少し大きな声で私を呼んだ。

「俺を不幸にしないでくれと前にも言ったはずだ。全力でふたりを幸せにするから、俺をひとりにしないでくれ」

「信吾さん……」

もし私が身を引いたとして……。

彼が実家に戻り、望まない縁談を押しつけられて家族ができても、この先彼の心はずっと孤独なのかもしれない。私が清水家に嫁ぐことになったとき、そう感じたように。

「信吾さんについていきます」

「うん。ありがとう」

彼は欣喜の表情を浮かべ私を抱き寄せたあと、「愛してる」と囁き唇を重ねた。

その週の金曜。

信吾さんは早めの帰宅をして、三人で夕食をとった。先に食べ終わった信吾さんは、直正が頬にご飯粒をつけながら食べ進むのを、目を細めて見つめている。

「ごちそうさまでした」

「挨拶できて偉いな」

信吾さんはあからさまな叱責より、褒めることでしつけをしているようにも感じる。褒められればよいことを繰り返すからだ。

「直正。話がある」

「なあに？」

信吾さんが切り出すと、ドクンと心臓が跳ねる。

直正は彼を父として受け入れるだろうか。

信吾さんの表情が引きしまったからか、直正はパチパチと瞬きをして不思議そうな顔をしていた。

「俺が直正の本当の父なんだ。長い間、八重と直正に苦労をさせて悪かった」

「信吾さん、そんなことは……」

子供相手に深々と頭を下げる信吾さんに慌てる。

その後、顔を上げた彼は神妙の面持ちだ。

「できるなら、これからは直正の父として生きていきたい。償いはこれからどれだけでもする」

償いだなんて……。信吾さんはなにも悪くないのに。

彼の悲痛な叫びが私の胸をえぐる。

直正を視界に入れると、呆然として微動だにしない。理解、しているのだろうか。

そんなことを思った瞬間、彼は私に抱きついてきて顔を隠し、動かなくなった。

もしや、これは拒否？

向かいの信吾さんは唇を噛みしめてつらそうな表情を浮かべる。

信吾さんも私も、直正になんと声をかけたらいいのかわからず、しばらく沈黙が続く。しかしその沈黙を破ったのは、私から離れない直正だった。

「僕にもお父さまがいるの？」

「直正……」

横須賀時代、病院では看護婦の子供たちと一緒になって遊ぶことも多かった。しかしほとんどの子に父親はおり、父親の話題が上がることもしばしばだった。

津田紡績の友達とは家族ごっこをすることもあるらしく、お父さん役はどうしていいかわからないからやらないと話していた。そうしたときに悲しそうな顔をすることもあり、随分寂しい思いをさせてきたと思う。

私は直正を強く抱きしめてから口を開く。

「黒木さんが直正のお父さまなの。わけがあってどうしても一緒にいられなくて……。でも、黒木さんは直正と一緒に生きていきたいと思ってる。もちろん私も。でも、直正が嫌なら――」

「嫌じゃないよ」

　無理強いをしないと信吾さんとの間で決めていたので、直正にも選択肢を与えようとすると、途中でそんな返事が返ってきた。

　信吾さんは目を見開き、直正の背中を凝視している。

「ずっと一緒にいてくれるの？」

　顔を隠したまま、ぼそぼそとこぼす直正の発言に少し驚く。

「直正がいいのならずっと一緒にいる。もう二度と離れない」

　信吾さんはゆっくりと、そしてはっきりと口にした。

「お母さまを守ってくれる？」

　次に放たれた言葉に目頭が熱くなる。彼にはつらい思いばかりをさせてきた。守るべきは私ではなく、直正なのに。

「もちろんだ。直正も八重も守る。初めて会ったとき、直正にも怖い思いをさせたね。本当にすまない」

　サーベルを向けたことを言っているのだ。けれど、信吾さんにも複雑な感情があり、部下の前でもあったし、ああするしかなかったのだと思う。

しかし最近の直正を見ていると、もう彼に対して怖いというような感情は抱いてはいないようだけど、どうかな。

「直正。顔を見せてくれないか？　きちんと謝りたい」

信吾さんが伝えると、直正は首を横に振っている。

やはり嫌なの？

「はじゅかしい」

小声で囁いた直正に、信吾さんと目を合わせて呆然とする。

「恥ずかしいって、黒木さんの顔を見るのが？」

「お父さまだもん」

直正がそう口にした瞬間、信吾さんの顔がゆがみ、左手で顔を押さえた。感極まって泣きそうなのだ。

「そっか。お父さまは初めましてだものね。でも、黒木さんはいつもと変わりないよ」

私は直正の頭を撫でる。

「はじゅかしくない？」

「うん。恥ずかしくない」

いまだ私の肩に顔を押しつけたままの直正の隣に、信吾さんがやって来た。

「直正」

そして優しい声色で名前を呼ぶと、直正はようやく顔を上げて彼を見つめる。

「直正、ごめんな。ずっとお母さまを守ってくれてありがとう」

信吾さんがそう言った瞬間、直正は私から離れて信吾さんの胸に飛び込んでいった。

「本当にごめん」

信吾さんはガッシリと受け止め、何度も謝罪を繰り返す。その瞳にはうっすらと涙が浮かんでいる。

「また雪まるだ作ろうね」

「おぉ、もっと大きいのを作ろう。でも、もう今年はさすがに雪は降らないぞ」

親子らしい会話に、私も目頭が熱くなる。

すると信吾さんは左手で直正を抱き、右手で私も抱き寄せてくれた。

こんな日がやってくるなんて。

私は信吾さんの腕の中で、静かに歓喜の涙を流した。

翌日の土曜。私たちは三人で信吾さんの実家に行くことにした。緊張で顔が強ばるものの、信吾さんと生きていくのなら避けては通れない。

「八重。俺が必ず守るから心配はいらない」

「はい」

間違いなく反対される。ううん、罵倒されるに違いない。けれど、信吾さんと離れることだけは考えられない。

すでに一度離れてつらい思いをしたからこそ、その選択だけはしないと心に誓っていた。

手をつないでいる直正は私たちの緊張をくみ取ったのか、先ほどから言葉少なだ。

「直正。これから俺の家に行く。庭に鯉がいるんだが、餌をやってみるか?」

「いいの?」

ようやく直正の顔がほころんだ。

「あぁ。俺と八重は少し話をしてくるから、俺の友人と一緒にいてくれ」

「うん」

友人って誰だろう。

「直正。お返事は『はい』です」

「いいよ、八重。そんなものはそのうち身につく。直正はたくさん我慢してきたから、のびのびと育ってほしい」

「そうですね」

信吾さんの寛大な言葉にうなずき、彼が抱き上げた直正を見つめる。直正はもうすっかり信吾さんに抱かれ慣れていて、うれしそうだ。

黒木家は、真田家よりずっと大きなお屋敷だった。士族上がりのため、新華族なんてと軽んじられることもある。けれど、造船業で大成功しているので、旧華族よりずっと贅沢な暮らしをしているように見える。

格子戸の門をくぐると、大きな松が君臨する広い庭。きちんと剪定されていて、手入れが行き届いている。そして目の前には数寄屋造りの立派な屋敷。

足を止めて深呼吸すると、庭の一角から男性が歩み寄ってきた。

「信吾さん」

「章一《しょういち》か。ちょうどいい。直正が鯉に餌をやりたいと言っていて、一緒にいてやってくれないか？」

「もちろんですが……」

章一と呼ばれた短髪の男性は、おそらく私より少し年上だろう。彼は信吾さんに抱かれる直正を見て小首を傾げている。

「俺の子だ。頼んだぞ」

「そうでしたか！　かしこまりました。直正くん、一緒に行こうか」

信吾さんに下ろされた直正は、一瞬不安そうな顔をした。

「章一は俺よりずっと優しいから心配するな」

「お父さまより？」

直正の口からするっと『お父さま』と出てきたからか、信吾さんは頬を緩めている。

「そうだ。小さい頃から一緒にいるが、怒ったところなど見たことがない」

それじゃあこの人が、先ほど言っていた友人なんだ。

「あはは。直正くん、怖くないよ。鯉に餌をやったら、直正くんもおやつ食べる？」

「うん！」

ふたりの説得が功を奏したようで、直正に笑顔が戻り離れていった。おそらくこれからの修羅場を直正に見せたくなかったのだろう。

「章一は使用人の子で、今も仕えてくれている。幼い頃はよく一緒に悪さをしていた」

「そうでしたか」

信吾さんはふたりのうしろ姿を見つめながら口元を緩める。

私にとって女中のてるがそうだったように、いつもそばにいる心強い味方だったのかもしれない。

「八重。少し我慢してもらわなければならないが、俺を信じてほしい」

「わかっています」

なにがあってもついていく。

返事をすると、彼は私の背中を押して促した。

屋敷に入ると女中が慌てて信吾さんの父を呼びに走った。私は広い玄関で緊張しながら信吾さんの少しうしろに立っていた。

「真田の娘だと？　なにをしにきた！」

お父さまは、ドンドンと足音をたててやって来たかと思うと、いきなり怒気を含んだ声を張りあげる。

「よくも、黒木家の門をくぐれたものだ。帰れ！」

「本日は、彼女との結婚をご報告に参りました」

お父さまとは対照的に、信吾さんはいつもの声色で落ち着いた様子だ。

「何度も言わせるな。許すわけがないだろう。その女は、とよの仇だ」

「とよから自由を奪ったのは彼女ではありません」

「信吾をたぶらかしやがって！」

信吾さんの話など聞く素振りもないお父さまは、声を荒らげながら近寄ってきて、私に拳を振り上げる。殴られることを覚悟した瞬間、信吾さんの体が立ち塞がり吹き飛んだ。私の代わりに殴られたのだ。

「信吾さん！」

「なんのつもりだ。この女にかばう価値などない。目を覚ませ」

目を血走らせるお父さまは、倒れ込んだ信吾さんのもとに駆け寄った私に鋭い眼光を向ける。私はその場に正座をして頭を下げた。

「父がとよさんに大けがをさせたこと、本当に申し訳ございませんでした。謝罪したところで許していただけるわけがないことは百も承知です。ですが、私には他になにも——」

「うるさい。なにも聞きたくないわ！」

お父さまの怒りはもっともだ。

頭を下げ続けていると、私の隣に信吾さんも正座をしたのがわかった。

「申し訳ございません」

「えっ……」

信吾さんまでもが謝罪を始めたので、唖然とする。

「なぜ信吾が⁉」

「八重は私の妻になるのです。家族が起こした過ちを背負わなければならないのなら私も同じ」

信吾さんの発言に耳を疑う。

とよさんの兄という立場より、私の夫という立場を優先しようというの？

「馬鹿な」

「私はとよの事故以来、怒りと憎悪の感情に支配されて生きてきました。しかし、それが苦しくなかったわけではありません。もちろん、とよから自由を奪った人間は憎い。ですが、このどす黒い感情に一生支配されて生きていくのかと、どこかで絶望もしておりました」

信吾さんは顔を上げ、お父さまをしっかりと見つめて言葉を紡ぐ。

「八重に出会い一緒に過ごしているうちに、私は自分を取り戻したような感覚がありました。笑ってもいい。楽しいという感情を持ってもいいのだと。肩の力が抜け、ようやく息が吸えました」

そんなふうに思っていたとは知らなかった。

「八重の父が犯した罪は、彼自身に償っていただきます。その家族だからというだけでこれほど蔑まれるのなら、私も八重の家族としてどれだけでもなじってください」

信吾さんにここまで言わせてしまうのが申し訳なく、しかし同時にうれしくもあった。彼は本気で私と直正を幸せにしてくれようとしていると感じるからだ。

「本日は、結婚のご報告です。許可をいただきにきたわけではありません。お許しいただけないようですから、私が真田家にお願いをして入婿《いりむこ》いたします」

「真田を名乗ると？　お前は爵位を継ぐのだぞ？」

入婿って……そんな話を初めて耳にしたので、お父さまのみならず私も腰が抜けそうなほどに驚いていた。

「そのようなものに興味はございません。父上の代で返上なさってください」

「な、なにを……」

「とよ。聞こえているか？　お前の自由を奪った人間を許すつもりはない。しかし、八重も十分すぎるほど苦しんだ。それだけは理解してほしい」

とよさんは姿を現さないが、このお屋敷のどこかにいるのだろう。

信吾さんが苦しげな表情で叫ぶと、すすり泣く声が聞こえてきた。そちらの方向に目をやれば、いつからいたのか、お母さまらしき人が両手で顔を覆ってしゃくり上げている。

「信吾を失うのですか？　もうこれ以上は耐えられません」

「黙りなさい」

お父さまはお母さまを戒めたが、その声は小さかった。

「母上、申し訳ありません。私は大切な人を守りたい。ただそれだけです」

落ち着き払った様子でそう口にした信吾さんは、キリリと顔を上げる。

「父上。どうか、今一度お考えください。ただひとつ。今後、八重を傷つけるようなことをなさるなら、夫として父上を恨まねばなりません。度が過ぎれば、警察官としての対処も視野に入れます」

信吾さんがそんな言葉を放つので目を丸くする。おそらく、津田紡績に男たちをよこしたことをたしなめているのだ。

「本日は失礼いたします」

信吾さんはお辞儀をしたあと、私を立たせて玄関を出た。

「信吾さん……」

彼にここまでさせてしまったことに胸が痛み、顔が険しくなる。しかし彼は私を見つめて微笑んだ。

「なにがあっても離さないと言ったはずだ。まだ覚悟できていないのか?」

「いえ……」

そんな言葉がうれしくて、目頭が熱くなる。すると彼は私を抱きしめた。

「大丈夫だ、八重。とよはきっとわかってくれる」

「……はい」

「さて、直正はいい子にしてるかな？」

何事もなかったかのようにいつもの柔らかな口調でそう漏らした信吾さんは、私の手を引いて庭を横切った。すると大きな池を覗き込み、夢中になっている直正を発見した。

「直正、面白いか？」

「うん！　いっぱい餌を食べたんだよ」

「そうか、よかったな」

信吾さんは直正の隣にしゃがんで、同じように池に目をやる。

「直正くん、目元が信吾さんにそっくりですね」

「そうだろ？」

章一さんに即答する信吾さんは、自慢げな顔。

「章一。今しばらく父と母を任せてもいいか？」

「もちろんです。雪解けがくることを、お祈りしています」

「ありがとう」

信吾さんは入婿なんていう言葉を出したが、それは最終手段で、ご両親と和解したいのだ。もちろん私もそれを望んでいる。

「おやつは女中に包ませましょう」

どうやら餌やりに夢中でおやつまでたどり着かなかった直正を気遣う章一さんも、信吾さんのように優しい男性だった。

　それから津田紡績に男が押しかけてくることはなくなった。社長も力添えしてくれたのかもしれない。

　一ノ瀬さんが気にしているからか、時々藤原さんが声をかけてくれる。

「真田さん、困ってない？」

「ありがとうございます。大丈夫です」

　父がしたことは衝撃だったし、そのために思わぬ人生を歩んでいる。しかし、幸いなことに人に恵まれていると感じる。

　あんなことがあったので、信吾さんは私に仕事を辞めたらどうかと提案してきたけれど、窮地を救ってくれた津田紡績に少しでも恩返しがしたくて辞めたくないと話すと納得の様子だった。

　黒木のお父さまには認めてもらえなかったが、黒木家に行ってから、私も信吾さんもとても穏やかな気持ちで過ごしている。それは、なにがあっても必ず一緒になるという意志を示すことができたからだと思う。

「直正、そろそろ行こうか」

五月に入り、徐々に太陽の位置が高くなってきた日曜の今日は、信吾さんも非番で、三人で銀座に向かった。

しかし、乗り物が大好きな直正が、信吾さんの手を握ったまま電車が行き来するのをずっと観察しているのだ。もう時計塔の鐘が二度高い音を奏でた。ということは三十分以上も同じ場所にいる。

「また来た！」

「あはは。いくつでも来るぞ。直正。父はお腹が空いたなぁ。なにか食べよう」

「うん！」

食べ物につられてようやく電車から離れた直正は、信吾さんの愛に包まれて成長している。

「八重、待たせたね」

「いえ。付き合わせてごめんなさい」

「好奇心を潰すのはよくないからね。でも、この粘り強さは八重に似たのかな?」

苦笑しつつも、直正の頭を撫でている。

それからお肉の大好きな直正のために、牛鍋屋で柔らかいお肉を堪能した。長い間野菜ばかりの生活をしていたからか、食すときの直正の目の輝きが違う。口の周りをべったり汚しながら夢中で食べ進む様子を、信吾さんとふたりで笑いながら眺めていた。

楽しい昼食後、買い物に行こうと店を出ると「泥棒！」という女性の大きな声が聞こえてきて、目の前を男が駆け抜けていく。すると信吾さんはとっさにその男を追いかけて、あっという間に捕まえ地面にねじ伏せた。見事のひと言だ。

「お母さま、お父さまどうしたの？　大丈夫？」

「大丈夫。お父さまは警察官なのよ。悪いことをした人を捕まえるのがお仕事なの」

私は、ここ銀座で信吾さんに出会った日のことを思い出していた。あのときも、見惚れるほどの手さばきで犯人を確保した。

しばらくすると制服姿の警察官が駆けつけてきて、犯人を引き渡した信吾さんが戻ってきた。

「待たせてごめん」

バツの悪そうな顔をして謝罪する信吾さんに向かって、直正が両手を上げる。抱っこをねだる仕草だ。

「お父さま、かっこいい」

「ありがとう、直正」

信吾さんは直正を抱き上げ、笑顔を見せる。

実父を愛する人に逮捕されるという壮絶な経験はしたが、捕まえてくれたのが彼でよかった気もする。

「待たせたお詫びに、千歳の大福を買ってやろう。でも、しっかり噛んで食べるんだぞ」

「はい！」

こういうときの直正の返事はいつもハキハキしている。

私はほのぼのとした日常を心から楽しんでいた。

章一さんが突然尋ねてきたのは、翌週の土曜日。

大きな強盗事件の指揮を執るために、夜通し出勤していた信吾さんが戻ってきた午前十時すぎのことだった。

「信吾さん、お疲れさまでした。犯人は捕まったのですか？」

「三人逮捕した。とりあえず解決だ」

居間のふたりにお茶を出しにいくと、事件の話をしている。

「今日は急にどうした？」

私は頭を下げて出ていこうとしたが、信吾さんに腕を引かれて止められたので隣に正座した。章一さんがただ会いたくて訪ねてきたわけではないことを察しているのだろう。私も先ほどから鼓動が速まりっぱなしだ。

「旦那さまからの伝言です」

章一さんは私をチラッと視界に入れたあと、話し始める。

「信吾さんには爵位を継いでほしいと。奥さまの塞ぎっぷりがひどく……」

信吾さんが爵位を継がず家を出ると宣言したからだ。

「そうか」

「旦那さまは、とよさんの事件のことで怒りを持て余していらっしゃいました。それは奥さまも同じ。ですが、そのために今の生活まで滅茶苦茶にする必要があるのかと、先日おふたりとお会いになってから考えられたようです」

頑なに結婚を反対する意思を伝えられると思っていたので、予想外の言葉だった。それは信吾さんも同じようで、目を丸くしている。

「大歓迎というわけにはいかない。ただ、黙認するとおっしゃっています」

「それは、結婚を認めると？」

「旦那さまと奥さまのつらいお気持ちは、おそらく信吾さんが一番おわかりでしょう。それでも八重さんと生きていくという強い意志を持たれている。それを覆すのは難しいのではないでしょうかと、僭越《せんえつ》ながら進言させていただきました」

章一さんも説得してくれたの？

「章一……」

「私は、皆さまに幸せになっていただきたいのです。とよさんのことがあってから、家の中の明かりが消えたように笑い声も響かなくなりました」

それを聞くと胸が痛い。

「それに先日、とよさんがひと言漏らされました。自分の足が動かなくなったことより、皆が怒りの感情だけに包まれているのがつらい。黒木家がバラバラになるのは望んでいないと」

「とよが？」

章一さんは大きくうなずく。

「私からもひとつ聞いていただきたいことが」

唐突に頭を下げる章一さんに首を傾げる。

「なんだ？」

「実は、とよさんとの結婚を許していただきたく――」

「はっ？」

章一さんの発言を遮り、大きな声をあげたのは信吾さんだ。隣の私も仰天した。

「事故のあと、塞ぎがちだった彼女の話し相手をしているうちに、好きになってしまいました。使用人という立場でこのような感情を持つのは間違っていると気持ちを押し殺してまいりましたが、おふたりを見ていたら抑えられなくなり……とよさんに胸の内をお話ししました」

章一さんは必死に訴える。

慮外な展開で、信吾さんは口をあんぐり開けている。

「それで、とよはなんと？」

「はい。自分も同じ気持ちだと」

章一さんの耳が、これ以上はないというほど真っ赤に染まっている。一方信吾さんは、満面の笑みを浮かべた。

「そうか……」

「旦那さまにもお話ししました。大目玉を食らいましたが、とよさんが私とでなければ結婚しないと言い添えてくださいまして」

章一さんは照れくさいのか、目をキョロキョロと動かしている。

「私の給金ではとよさんに不自由をさせるから、このまま実家に住まうのであれば許してくださると」

「本当か……。章一になら、安心してとよを任せられる」

信吾さんは興奮気味に目を輝かせる。

「ですから、とよさんは信吾さんと八重さんにも幸せになってほしいと望まれています。もうあの事故のことは忘れて、これからを楽しく生きていきたいと」

「とよが……」

信吾さんは神妙な面持ちで目を閉じた。私も予想外の展開に感極まり、視界がにじんでくる。

「しかしながら、やはり爵位は信吾さんに継いでいただきたいとご両親はお望みです。どうか入婿の件はお考え直しいただけないでしょうか」

「承知した。八重を娶り黒木を名乗ろう」

信吾さんは心底ほっとしたというような笑みを浮かべながら、返事をした。

とよさんと章一さんの結婚式は、その三カ月後の暑い最中に行われた。

大歓迎とはいかないと宣告されていた私だったが、ふたりの結婚式への参列を許され、真新しい着物でおめかしした直正を連れて黒木家へと向かった。

私はそのとき初めてとよさんとの面会が叶い、艶やかな黒留袖を纏う彼女の前で正座をして深く頭を下げる。

「本当に申し訳ございませんでした」

「八重さん、頭を上げてください。今日は私の晴れの日なんですよ」

「そうですね。改めて謝罪に参ります」

今まで面会を許されなかったので今日になってしまったが、たしかに挙式の日にふさわしい話ではない。

「いいえ。もう八重さんからの謝罪はいりません。足が動かなくなったことは残念ですが、その分、章一さんが優しくしてくれますもの。私、歩けなくなって結婚はあきらめていたんですよ。でも、章一さんが私の内面を好きなのだから、そんなことは関係ないと言ってくれて……」

とよさんの頬がほんのり赤く染まっている。

「足が動いていたら、章一さんとは一緒になれなかったわ。それに兄にもたくさんわがままを言いましたけど、全部聞いてくれたんですよ。いいこともあるでしょう？」

とよさんは上品な笑みを浮かべる。

私も彼女のように強く生きなければ。

しかし彼女は、なぜかそのあと表情を曇らせた。

「兄には私のために警察官の道を選ばせてしまいました。父の事業を継げばよかったのに、しなくてよかった苦労をかけました。申し訳ないと思っています」

そんなふうに胸を痛めているとは思いもよらなかった。でもそれは誤解なので解いておきたい。

「信吾さんは……警察官になったことを少しも後悔などされていません。どんな身分であっても幸せに暮らせる世を作りたいとおっしゃっていました」

警察官になる契機となったのは、とよさんの事故だったかもしれない。けれども、今はその職に誇りを持っている。

「そう……。よかったわ。それだけが気になっていたの。兄にはもう肩の荷を下ろして自分のために生きてほしくて。八重さん、兄をよろしくお願いします」

「はい。こちらこそ、よろしくお願いします」

とよさんの優しさに触れ、目頭が熱くなった。

挙式が滞りなく終わってから、お母さまが私たちのところに来てくれた。

「母上、直正です」

「直正くん。初めまして」

うっすらと涙を浮かべるお母さまが、直正に視線を合わせるようにしゃがみ込んで抱きしめたとき、こらえきれず感動の涙が流れた。

受け入れてもらえたのだと。

お母さまも頬を濡らしているのが見えてしまい、信吾さんも感涙をこらえている様子だった。

信吾さんを愛し、ここまでたどり着くのに随分遠回りをしてしまった。しかし、これからはずっと一緒だ。

「主人は頑固だし世間体もあるから、不貞腐れたふりをしていると思うわ。でも、子の幸せな顔を見たくない親はいないの。だから大丈夫」

お母さまは私を励ます。

こんな言葉をかけてもらえるとは、なんて幸せ者なのだろう。精いっぱい信吾さんにお仕えして、私たちを迎えてくれた黒木家に恩返しをしよう。

そう心に強く誓った。

やがて遠くの山々が赤や黄色に色づき始める季節となり、私たちは晴れて夫婦となった。

結婚が許されてもすぐに入籍しなかったのは、とよさんと章一さんの結婚が先だという意見が信吾さんと一致したからだ。この日が来るのをもう長く待ったのだから、焦ることもなかった。

挙式はしなくてもと言ったのに、「俺が八重の晴れ姿を見たいから」と信吾さんが強く推すので、真新しい白無垢をあつらえてもらった。

心底愛した彼とは別の人に嫁がなければならないと絶望していたあの頃。人生をあきらめていたら、こんな幸福はやってこなかった。

挙式を行う黒木家で白無垢を着せてもらったあと、制服姿の信吾さんと対面した。その制服にはたくさんの勲章がつけられている。それらは彼が努力してきた証だ。

「八重……」

彼は少し離れたところから私の姿をじっと見つめて、それ以降なにも言わなくなってしまった。

なにかおかしなところでもあるのかと心配になった頃、信吾さんは足を進めて私の正面までやってきて口を開く。

「これほど美しい妻を娶れる俺は、幸せ者だな」

「そんな……」

「たくさん苦労をさせた。でも、これからの幸せは保証する」

真摯な視線を私に向ける信吾さんは、きっぱりと言い切る。

「はい。よろしくお願いします」

彼と一緒なら、必ず充実した笑いの絶えない未来が待っている。

挙式には横須賀から佐木さんも駆けつけてくれて、津田紡績を代表して一ノ瀬さんまでも参列してくれた。

津田紡績は一旦退職する手はずになっている。直正に随分我慢させてきたので、もう少し一緒にいる時間を取りたいのと、信吾さんが私に休息を勧めてくれたからだ。

彼はひとりで直正を産み、必死に育ててきた私が疲弊しているのに気づいていた。

挙式には母や兄も参列を許され、大勢の祝福の中、私たちは最高に幸せなひとときを過ごした。

「真田さんおめでとう。本当によかった」

佐木さんが私に声をかけてくれる。

「娘を嫁にやる父親の心境だと寂しがっていたのは、誰だ」

隣で一ノ瀬さんが茶々を入れる。

「佐木さんは命の恩人です。佐木さんがいらっしゃらなかったら、直正を産むことすらできなかったかもしれません」

横須賀で彼に出会えたのが幸福の始まりだったのかもしれない。

「八重が本当にお世話になりました」

信吾さんも隣で丁寧にお礼を述べる。

「真田さんはもうお任せしましたよ。直正、また横須賀に遊びにおいで」

「うん！　……あっ、はいだった」

最近になって、一応言葉遣いを気にしだした直正だけれど、失敗だらけ。その様子に皆が噴き出し、笑顔が連鎖した。


その夜。

黒木家の別邸でそのまま生活することになった私たちは、家に帰った。

直正は緊張や佐木さんに会えて興奮したせいか、帰りの人力車で信吾さんに抱かれたままコテンと眠り、そのまま布団へ。少しの衝撃では起きないほどぐっすりと眠っている。

「直正、くてんくてんだな」

「そうですね。かわいい顔して眠っています」

彼の部屋でお茶を差し出すと、腕を引かれて隣に座らされる。

「八重も疲れただろう？」

「はい、少し」

白無垢は想像以上に重かったし、やはり緊張もした。

正直に答えれば、彼は私の腰を抱いた。

「でも、本当に美しかった」

「ありがとう、ございます」

耳元で囁かれ、頬が上気していく。

「本当に俺だけのものになったんだな」

「……はい」

熱を孕んだ視線を向けられ、拍動の速まりを制御できない。

「随分苦労をさせた。でも、もうひとりで頑張らなくていい。俺が一生守る」

男らしい宣言に瞳が潤んでくる。うなずくので精いっぱいだ。

すべてを投げ出したくなるほどつらい時期もあった。けれど、愛してやまない彼との間にできた直正を守り通すことができて本当によかった。

「八重。もうひとり欲しいな」

「えっ？」

その瞬間、押し倒されて天井が視界に入る。

そういえば、以前にも同じことを言われた。

「お前はいらないか？」

私の顔の横に両手をつき見下ろしてくる信吾さんは、そこはかとなく色気漂う唇を動かす。

「ほ、欲しいです」

本音を漏らすとすぐに熱い唇が降ってくる。

「たっぷり愛してやる。今宵は覚悟しろ」

私は浴衣の裾を割って入ってきた彼の手の行方に胸を高鳴らせながら、幸せの口づけに酔いしれた——。

書き下ろし番外編

愛しい君とふたりだけのときを　Ｓｉｄｅ信吾

挙式から四カ月。

直正を黒木の家に預けて、八重とふたりで出かけることにした。

母は直正を猫かわいがりしていて、ことあるごとに連れてこいと言うのだ。一方父は俺の前では不機嫌面を崩さないが、初孫の直正の前では頬を緩めっぱなしなのだとか。

実家にはとよも章一もいて遊んでくれるので、直正も飽きることがなく楽しいらしい。

「信吾さん、預かっていただいて大丈夫なんですか？」

「預かりたいんだから問題ないだろ。それに、俺はお前とふたりきりの時間をもっと楽しみたいぞ」

駆け落ちした翌日に離れ離れになってから、八重とふたりで過ごした時間はまだ少ない。もちろん、直正がいても楽しいが、恋人のような甘い時間を過ごすのも悪くない。

今日は洋風レストランで牛肉のカツレツを楽しんだあと、ふたりで銀座界隈をぶらぶらしている。直正がいると電車にくぎづけで、気ままに買い物を楽しむことが難しいのだ。

レンガ造りの洋風建築が目を引く新橋《しんばし》にある勧工場《かんこうば》、帝国博品館《ていこくはくひんかん》に足を踏み入れると、八重の目が輝いた。勧工場はひとつの建物の中にさまざまな店が入っていて商品が陳列されており、女性には大人気の場所なのだとか。

「舶来品は華やかですね」

「欲しいものがあれば買ってやるぞ？」

「いえっ。見ているだけで満足ですよ。あれもいい、これもいいと胸をときめかせるのが楽しいんです」

そういうものなのか。

俺は買うものを最初から決めて店に向かうので、そうした楽しみ方を知らなかった。

「お前はたまにはわがままを言えばいい」

苦労と我慢の連続だったのだから。

「それじゃあ、言います。信吾さん、手をつないでもいいですか？」

そんなかわいらしいお願いをされては、こちらが照れてしまうじゃないか。

どこまでも謙虚な八重に、ますます心奪われていく。

「もちろんだ。俺がつなぎたい」

指を絡めてしっかり握りしめると、彼女は少し恥ずかしそうに、それでいてうれしそうに微笑んだ。

しばらくふたりで陳列棚を覗いていたが、俺はとある店の前で足を止めた。

「八重。ここで買い物しよう」

「えっ、なにか欲しいものがあるのですか？」

「あぁ」

俺は曖昧な返事をして彼女の手を引いた。

「わー、素敵」

目の前のショーケースの中には宝飾品の数々が並べられている。

「指輪を見せてくれ」

「承知しました」

店員に声をかけると、八重は俺の顔を見上げる。

「信吾さん、指輪をされるのですか？」

「あはは。お前のだよ。結婚指輪を贈りたいとずっと思っていてね」

挙式こそできたが、指輪は用意できていなかった。結婚指輪を贈る行為が最近流行りだしていて気になっていたのだ。

「そんな。お気遣いなく」

「気遣いではなく、俺がそうしたいんだ」

俺は店員が離れた隙に、握っていた彼女の手を持ち上げて唇を押しつける。すると八重は、途端に落ち着きをなくしてうつむいた。

この照れる姿がたまらない。

それから遠慮して首を横に振ってばかりの八重のために、俺が金の指輪を選んでその場で彼女の薬指にはめた。

「よく似合う」

「ありがとう、ございます。大切にします」

夫として俺がしてやりたいことをしただけなのに、彼女は目を潤ませてお礼を口にする。

あぁ、なんて愛らしいんだ。彼女を娶れて本当に幸せだ。

その後は、俺の希望で上野にある思い出の公園に足を延ばした。

初めて八重と訪れたときに座ったベンチがそのまま残っていて、懐かしさを感じた俺たちは迷わずそこに腰を下ろした。

「今日は少し冷えるな」

このところ暖かい日差しが降り注いでいたのに、今日は北風が強い。俺は外套《がいとう》のボタンを開け、彼女を包み込んだ。

「ありがとうございます」

はにかむ彼女が愛おしくて、すぐにでも接吻したい衝動を必死に抑える。

「以前連れてきてくださったときは、暑かったですね。たしか、かき氷をいただいたような」

「そうだった」

苦しい時間もあったが、彼女との思い出は一つひとつ心に刻まれている。

「あのときは、八重に夢中で……」

「えっ？　そうだったんですか？」

「はは。どうしたら八重に気に入られるのかとばかり考えていた」

思えば、出会った日にはもう気になる存在になっていた。

盗人に襲われて腰を抜かすほど怖かったはずなのに、人力車での彼女は背筋をすっと伸ばして表情は凛々しく、とても魅力的な女性だと感じた。

しかし、彼女のことを愛おしいと自覚したのは、日比谷の騒擾のあとに警視庁に駆けつけてくれたときだ。

暴動は鎮圧されたとはいえ警視庁の周囲はまだ物騒だったというのに、俺の安否を気遣ってなりふり構わず駆けつけてくれた彼女に心奪われないわけがない。

しかも、子爵家に生を受け、不自由なく暮らしているはずの彼女が『今の生活に甘んずることなく、努力をしなければ』と口にしたとき、なんと高尚な考えの持ち主なんだと感心した。そしておそらく心根の優しい人だとも。

「八重に出会えて本当によかった」

俺は肩に頭を預けてくる彼女の手をしっかりと握った。真新しい指輪の収まる左手を。紡績工場での仕事のせいで荒れ気味だった手も、仕事を辞めたおかげか白く透き通るような肌が戻ってきている。

あの傷ついた手は、彼女の苦労を物語っていた。

俺はとよの事件のあと八重に出会うまでは、憎悪という醜い感情だけに支配されていた。憎しみを胸に抱き、生きていくことこそ自分の使命だと勘違いしていた。

それを解放してくれたのが八重なのだ。

楽しければ笑い、うれしいときは喜びをあらわにする。人としてあたり前の感情を思い出させてくれた。

まさかとよの事件に彼女の父が関係しているとは思わなかったが。

「私もです。信吾さんに出会えて、直正を授かって……どれだけ幸せか」

ひどく苦労してきたはずの彼女が実に穏やかな表情で語るので、胸がいっぱいになる。

やはり俺が愛した八重は、極上の女だった。

「もう、だめだ」

「なにが、ですか？」

池を眺めていた八重が俺を上目遣いで見つめる。俺はたまらなくなり、彼女の唇を奪った。我慢なんてできなかった。

驚いたのか、一瞬体をビクッと震わせた彼女だったが、途端にとろけるように柔らかくなり接吻に応えてくれる。唇を解放すると、彼女は少し恥ずかしそうに目をキョロッと動かした。

「八重。家に戻ろう」

「えっ？」

「お前を今すぐにでも抱きたい。嫌か？」

「嫌、ではありません。私も、そうしてほしい……」

耳を真っ赤にしてつぶやく彼女が愛おしくてたまらない。


人力車を捕まえて家に戻る。

玄関に入った瞬間、彼女を壁に押しつけて激しく唇を奪った。

「ん……」

八重は指輪の収まった手で、俺の外套をギュッと握りしめてくる。

「八重。今日は直正もいない。声を我慢しなくていい」

「あっ……」

耳元で囁き耳朶を甘噛みすると、彼女は途端に色気を放つ声を漏らす。

すぐさま抱き上げて俺の部屋に行き、彼女を組み敷いた。

彼女の着物の襟元から覗く白い肌が、ほんのり赤く染まっているのは気のせいだろうか。

「八重。愛してる」

八重の目をまっすぐに見つめて想いをぶつけると、彼女は俺の頬に手を伸ばしきて触れたあと、口を開く。

「私も、です。私も信吾さんのことを、お慕いしております」

甘い愛の告白は、俺の心を揺さぶってくる。

優しくしてやりたいが、できそうにない。彼女を求める強い気持ちが暴走して止まらない。

「あぁ……」

すぐさま着物の裾を割って手を滑らせ、首筋に舌を這わせる。すると彼女は艶めかしい吐息を吐きながら、俺の腕を強くつかんできた。

「八重。好きなんだ。ずっと俺だけのものでいてくれ」

「もちろんです。私は信吾さんだけを……。この命が尽きるまで、信吾さんについていきます」

「俺もだ。俺も八重を愛し抜く」

白い肌のあちこちに印をつけながら、背をしならせて悶える八重を激しく犯す。

「あぁぁっ」

彼女はときに眉をしかめながらも、情欲を纏った声を吐き出した。

駆け落ちを試みたとき、たった一度の行為で直正を授かったことに驚いたが、あれは神が強く愛し合う俺たちにくれた最高の贈り物だったと思えてならない。

直正がいなければ、愛おしく思う気持ちを胸の奥に畳み込み、口にできぬまま彼女を思いながら生涯を閉じる運命だったような気がする。

俺たちの間にあった壁を越えるのは、それくらい容易ではなかった。

けれど、直正の存在が俺の背中を押してくれた。自分を犠牲にして必死に彼を育ててくれた八重への強い想いを我慢なんてできないと、改めて自覚したのだ。


彼女の中で果てたあと、腕の中に閉じ込める。直正がいなかったせいか、俺も八重もいつもより乱れに乱れた。

「授からないかな」

八重の腹に手を当ててつぶやくと、彼女は恥ずかしそうに微笑む。

「そうなるといいですね」

そう言いながら俺の胸に顔をうずめてきた彼女を、強く抱きしめる。

もう絶対に離さない。

「直正に叱られるな」

「どうしてですか？」

「大好きな母を独り占めしたのだからね。でも、時々俺だけの八重でいてくれないか？」

これからもふたりの時間を作るつもりだ。

母として奮闘する八重は生き生きとしていて、十分すぎるほど魅力的だ。しかし、直正の母としてだけでなく、ひとりの女として愛し抜きたい。

「信吾さんがお望みなら」

俺はクスリと笑いを漏らした八重の手を取り、指輪の収まった指に唇を押しつけて幸福のひとときを味わった。

八重。俺に出会ってくれてありがとう。

愛という感情を教えてくれて……ありがとう。

完

あとがき

『明治蜜恋ロマン～御曹司は初心な新妻を溺愛する～』に続きまして、明治時代もの第二弾はいかがでしたでしょうか。あの人たち、元気そうでしたね。明治蜜恋ロマンで明治時代にどっぷりはまりまして、また書くことができたのでとても楽しかったです。

現代でも、「裕福な家に生まれたかったー」なんて願望はしばしばつぶやかれますが、この時代は現代よりもっと〝生まれた家〟に左右される人生を送る人が多かったように思います。作中にありますが、本来はそうした家系ではないのに功績を認められて華族となった〝新華族〟は、旧華族からは蔑まれたようです。そして、結婚も。上流階級では家柄がなにより優先で、本人たちの気持ちなど二の次どころか考慮もされないことも。幸せになれればいいのですが、そうでなければ人生を棒に振るという感じでしょうか。お金や地位は大事！なのですが、勝手に決められる人生というのもなんとも気の毒に思います。まあ、自分で決めたからといって成功するとは限りませんが。（切実）

読んでくださった皆さまの中には、お子さんがいらっしゃる方も多いのではないでしょうか。私も一児の母ですが、子育てって本当に一筋縄ではいきませんよね。突然の発熱はもちろんのこと、そんなことする?と驚くような行動にハラハラさせられたり……。怒鳴り散らした経験もありますが、それでもやはり自分の子はかわいいもの。子育てはしんどいし、終わりが見えないしで、疲れ果ててしまうこともありますが、あとで振り返ったときに、幸せな時間だったと思える気がします。適度に手を抜きつつ頑張りましょうね。

ふたりが出会った銀座。私も少しうろうろできまして、ここに路面電車が走っていたのかとか、ここの時計塔が音を奏でていたのかとか、感慨にふけっていました。(田舎者丸出し感が……)別の作品の舞台にもなっております和菓子舗『千歳』は実在しませんが、あんぱんで有名な明治創業の『木村屋《きむらや》』さんはありますよ。お寄りの際はチラッとこの作品を思い出してくださるとうれしいです。

最後までお付き合いくださり、ありがとうございました。

佐倉《さくら》伊織《いおり》

佐倉伊織先生への
ファンレターのあて先

〒104-0031
東京都中央区京橋1-3-1
八重洲口大栄ビル7F
スターツ出版株式会社　書籍編集部　気付

佐倉伊織先生

本書へのご意見をお聞かせください

お買い上げいただき、ありがとうございます。
今後の編集の参考にさせていただきますので、
アンケートにお答えいただければ幸いです。

下記URLまたはQRコードから
アンケートページへお入りください。
https://www.berrys-cafe.jp/static/etc/bb

ベリーズ文庫

この物語はフィクションであり、
実在の人物・団体等には一切関係ありません。
本書の無断複写・転載を禁じます。

明治禁断身ごもり婚
～駆け落ち懐妊秘夜～

2019年12月10日　初版第1刷発行

著　　者　佐倉伊織

発 行 人　菊地修一
デザイン　カバー　北國ヤヨイ
　　　　　フォーマット　hive & co.,ltd.
校　　正　株式会社　文字工房燦光
編集協力　いずみかな
発 行 所　スターツ出版株式会社
　　　　　〒104-0031
　　　　　東京都中央区京橋1-3-1　八重洲口大栄ビル7F
　　　　　TEL　出版マーケティンググループ　03-6202-0386
　　　　　(ご注文等に関するお問い合わせ)
　　　　　URL　https://starts-pub.jp/
印 刷 所　大日本印刷株式会社

Printed in Japan

ISBN 978-4-8137-0813-1　C0193

ベリーズ文庫 2019年12月発売

『不本意ですが、エリート官僚の許嫁になりました』 砂川雨路《すながわあめみち》・著

財務省勤めの翠と豪は、幼い頃に決められた許嫁の関係。仕事ができ、クールで俺様な豪をライバル視している翠は、本当は彼に惹かれているのに素直になれない。豪もまた、そんな翠に意地悪な態度をとってしまうが、翠の無自覚なウブさに独占欲を煽られて…。「俺のことだけ見ろよ」と甘く囁かれた翠は…!?

ISBN 978-4-8137-0808-7／定価：本体640円＋税

『独占溺愛～クールな社長に求愛されています～』 ひらび久美《くみ》・著

突然、恋も仕事も失った詩穂。大学の起業コンペでライバルだった蓮斗と再会し、彼が社長を務めるIT企業に再就職する。ある日、元カレが復縁を無理やり迫ってきたところ、蓮斗が「自分は詩穂の婚約者」と爆弾発言。場を収めるための嘘かと思えば、「友達でいるのはもう限界なんだ」と甘いキスをしてきて…。

ISBN 978-4-8137-0809-4／定価：本体650円＋税

『かりそめ夫婦のはずが、溺甘な新婚生活が始まりました』 田崎《たさき》くるみ・著

新卒で秘書として働く小毬は、幼馴染みの将生と夫婦になることに。しかし、これは恋愛の末の幸せな結婚ではなく、形だけの「政略結婚」だった。いつも小毬にイジワルばかりの将生と冷たい新婚生活が始まると思いきや、ご飯を作ってくれたり、プレゼントを用意してくれたり、驚くほど甘々で…!?

ISBN 978-4-8137-0810-0／定価：本体670円＋税

『極上御曹司は契約妻が愛おしくてたまらない』 紅《くれない》カオル・著

お人好しOLの陽奈子はマルタ島を旅行中、イケメンだけど毒舌な貴行と出会い、淡い恋心を抱くが連絡先も聞けずに帰国。そんなある日、傾いた実家の事業を救うため陽奈子が大手海運会社の社長と政略結婚させられることに。そして顔合わせ当日、現れたのはなんとあの毒舌社長・貴行だった！

ISBN 978-4-8137-0811-7／定価：本体650円＋税

『【極上旦那様シリーズ】俺のそばにいろよ～御曹司と溺甘な政略結婚～』 若菜《わかな》モモ・著

パリに留学中の心春は、親に無理やり政略結婚をさせられることに。お相手の御曹司・柊吾とは以前パリで会ったことがあり、印象は最悪。断るつもりが「俺と契約結婚しないか？」と持ち掛けてきた柊吾。ぎくしゃくした結婚生活になるかと思いきや、柊吾は心春を甘く溺愛し始めて…!?

ISBN 978-4-8137-0812-4／定価：本体670円＋税

タイトル、価格等は変更になることがございますのでご了承ください。

ベリーズ文庫 2019年12月発売

『明治禁断身ごもり婚～駆け落ち懐妊秘夜～』　佐倉《さくら》伊織《いおり》・著

子爵令嬢の八重は、暴漢から助けてもらったことをきっかけに警視庁のエリート・黒木と恋仲に。ある日、八重に格上貴族との縁談が決まり、ふたりは駆け落ちし結ばれる。しかし警察に見つかり、八重は家に連れ戻されてしまう。ところが翌月、妊娠が発覚!?　八重はひとりで産み、育てる覚悟をするけれど…。

ISBN 978-4-8137-0813-1／定価：本体650円＋税

『破滅エンドまっしぐらの悪役令嬢に転生したので、おいしいご飯を作って暮らします』　和泉《いずみ》あや・著

絶望的なフラれ方をして、川に落ち死亡した料理好きＯＬの莉亜。目が覚めるとプレイしていた乙女ゲームの悪役令嬢・アーシェリアスに転生していた!?　このままでは破滅ルートまっしぐらであることを悟ったアーシェリアスは、破滅フラグを回避するため、亡き母が話していた幻の食材を探す旅に出るが…!?

ISBN 978-4-8137-0814-8／定価：本体640円＋税

『異世界にトリップしたら、黒獣王の専属菓子職人になりました』　白石《しらいし》まと・著

和菓子職人のメグミは、突然家族ごと異世界にトリップ！　異世界で病気を患う母のために、メグミは王宮菓子職人として国王・コンラートに仕えることに。コンラートは「黒獣王」として人々を震撼させているが、実は甘いものが大好きなスイーツ男子！　メグミが作る和菓子は、彼の胃袋を鷲掴みして…!?

ISBN 978-4-8137-0815-5／定価：本体650円＋税

ベリーズ文庫 2020年1月発売予定

Now Printing

『【極上旦那様シリーズ】綾香お嬢様は愛されたい　政略結婚なんてお断りですわ』　滝井《たきい》みらん・著

箱入り令嬢の綾香は、大企業の御曹司・蒼士との政略結婚が決まっていた。腹黒な彼との結婚を拒む綾香に、蒼士は『君に恋人が出来たら婚約を破棄してあげる』と不敵に宣言！　ところが、許婚の特権とばかりに彼のスキンシップはエスカレート。未来の旦那様のイジワルな溺愛に、綾香は翻弄されっぱなしで…!?

ISBN 978-4-8137-0822-3／予価600円＋税

Now Printing

『ブルーブラック』　宇佐木《うさぎ》・著

OLの百合香は、打ち上げの翌朝、記憶がない状態でメモを見つける。それは家まで送ってくれたらしい、クールで苦手な上司・智の筆跡だった。彼への迷惑を詫びると「きみを送り届けた報酬をもらう」と、突然のキス！　それ以降、ふたりきりになるとイジワルに迫る智に翻弄されつつ、独占愛に溺れていき…!?

ISBN 978-4-8137-0823-0／予価600円＋税

Now Printing

『策士な御曹司は新米秘書を手放さない』　円山《まるやま》ひより・著

受付嬢の澪は突然、エリート副社長・九重遥の専属秘書に任命される。さらには彼につきまとう女性たちを追い払うため、同居する恋人役も引き受ける羽目に!?　対外的には物腰柔らかな王子、中身は傲慢な遥に反発しつつ、時折見せる優しさに心揺れる澪。ある晩、遥が「俺を男として意識しろ」と甘く迫り…。

ISBN 978-4-8137-0824-7／予価600円＋税

Now Printing

『懐妊ラブ』　兎山《とやま》もなか・著

秘書の綾乃は、敏腕社長の名久井から「何でも欲しいものをやる」と言われ、思わず「子供が欲しいです」と口走ってしまう。ずっと綾乃を想っていた名久井は、それを恋の告白だと受け取り、ふたりは一夜を共に…。そして後日、綾乃の妊娠が発覚！　父親になると張り切る名久井に、綾乃はタジタジで…。

ISBN 978-4-8137-0825-4／予価600円＋税

Now Printing

『極上CEOの真剣求愛包囲網』　水守恵蓮《みずもりえれん》・著

CEO秘書の唯は、恋愛に奥手で超真面目な性格。若くして会社を大成功させたイケメンCEOの錦は女性にモテモテだが、あの手この手で唯を口説いてくる。冗談だと思っていたが、ある日落ち込んでいる唯に対し、いつもとは違う真剣モードで「俺にしておけよ」と迫る錦に、唯は思わず心ときめいて…!?

ISBN 978-4-8137-0826-1／予価600円＋税

タイトル、価格等は変更になることがございますのでご了承ください。

ベリーズ文庫 2020年1月発売予定

『イリスの選択』 吉澤《よしざわ》紗矢《さや》・著

Now Printing

令嬢のイリスは第六皇子のレオンと結婚したが、とある事情から離れ離れに。悲しみに打ちひしがれるイリスだが、妊娠が発覚！　他国で出産し、愛娘と共に細々と暮らしていたが、ある日突然レオンが現れて…!?　ママになっても愛情をたっぷり注いでくるレオンに、イリスはドキドキが止まらなくて…。

ISBN 978-4-8137-0827-8／予価600円＋税

『転生王女のまったりのんびり!?異世界レシピ3』 雨宮《あまみや》れん・著

Now Printing

人質として送られた帝国で料理の腕が認められ、居場所を見つけたヴィオラ。苺スイーツを作ったりしながらのんびり暮らしていたが、いよいよ皇子・リヒャルトとの婚約式が正式に執り行われることに。しかも婚約式には、ヴィオラを疎んでいた父と継母のザーラが来ることになり…!?　人気シリーズ第三弾！

ISBN 978-4-8137-0828-5／予価600円＋税

『嫌われたい悪役令嬢は、王子に追いかけられて困っています』 瑞希《みずき》ちこ・著

Now Printing

才色兼備のお嬢様・真莉愛は、ある日大好きな乙女ゲームの悪役令嬢・マリアに転生してしまう。今までは無理して真面目ないい子を演じてきたが、これからは悪役だから嫌われ放題好き放題！　みんなが狙うアル王子との結婚も興味なし！…のはずが、なぜかアル王子に気に入られて追いかけられるはめに…!?

ISBN 978-4-8137-0829-2／予価600円＋税

電子書籍限定

恋にはいろんな色がある。

マカロン文庫 大人気発売中!

通勤中やお休み前のちょっとした時間に楽しめる電子書籍レーベル『マカロン文庫』より、毎月続々と新刊発売中! 大好きな人に溺愛されるようなハッピーな恋から、なにげない日常に幸せを感じるほのぼのした恋、届かない想いに胸が苦しくなる切ない恋まで、そのときの気分にピッタリな恋が見つかるはず。

[話題の人気作品]

強引ドクターが大人の色気たっぷりに迫ってきて!?

『【極上求愛シリーズ】強引ドクターは熱い独占愛を隠し持つ』
西ナナヲ・著 定価:本体400円+税

エリート弁護士に身も心も染められていき…

『エリート弁護士の甘すぎる愛執【華麗なる溺愛シリーズ】』
惣領莉沙・著 定価:本体400円+税

クールな同期の独占欲に火をつけてしまい…!?

『エリート同期は一途な独占欲を抑えきれない』
pinori・著 定価:本体400円+税

一夜のあやまちから始まる、焦れキュンオフィスラブ!

『冷徹部長の溺愛の餌食になりました』
夏雪なつめ・著 定価:本体400円+税

各電子書店で販売中

電子書店パピレス　honto　amazonkindle
BookLive!　Rakuten kobo　どこでも読書

詳しくは、ベリーズカフェをチェック!

小説サイト Berry's Cafe
http://www.berrys-cafe.jp

マカロン文庫編集部のTwitterをフォローしよう
@Macaron_edit 毎月の新刊情報をつぶやきます♪